萬能書生

만능서생

임영기 新무협 판타지 소설

FANTASTIC ORIENTAL HEROES

만능서생 3

임영기 新무협 판타지 소설

초판 1쇄 찍은 날 § 2012년 9월 5일
초판 1쇄 펴낸 날 § 2012년 9월 12일

지은이 § 임영기
펴낸이 § 서경석

편집부장 § 권태완
편집책임 § 주소영

펴낸곳 § 도서출판 청어람
등록번호 § 제1081-1-89호
등록일자 § 1999. 5. 31
어람번호 § 제2-2254호

주소 § 경기도 부천시 원미구 심곡2동 163-2 서경B/D 3F (우) 420-822
전화 § 032-656-4452 팩스 § 032-656-4453
http://www.chungeoram.com
E-mail § chungeoram@chungeoram.com

ISBN 978-89-251-2996-9 04810
ISBN 978-89-251-2960-0 (세트)

萬能書生

만능서생

임영기 新무협 판타지 소설 FANTASTIC ORIENTAL HEROES

날아오르다

3

청어람

目次

제22장	일대일 비무	7
제23장	만능서생의 첫 승리	33
제24장	생애 최고의 거금	57
제25장	종이 아니면 죽음을	83
제26장	천붕양행(天鵬洋行)	115
제27장	천붕(天鵬)	143
제28장	천하제일인 만절기황	175
제29장	진정한 실력	201
제30장	만절기황의 제자	231
제31장	여고수 조오	263
제32장	궁지(窮地)	289

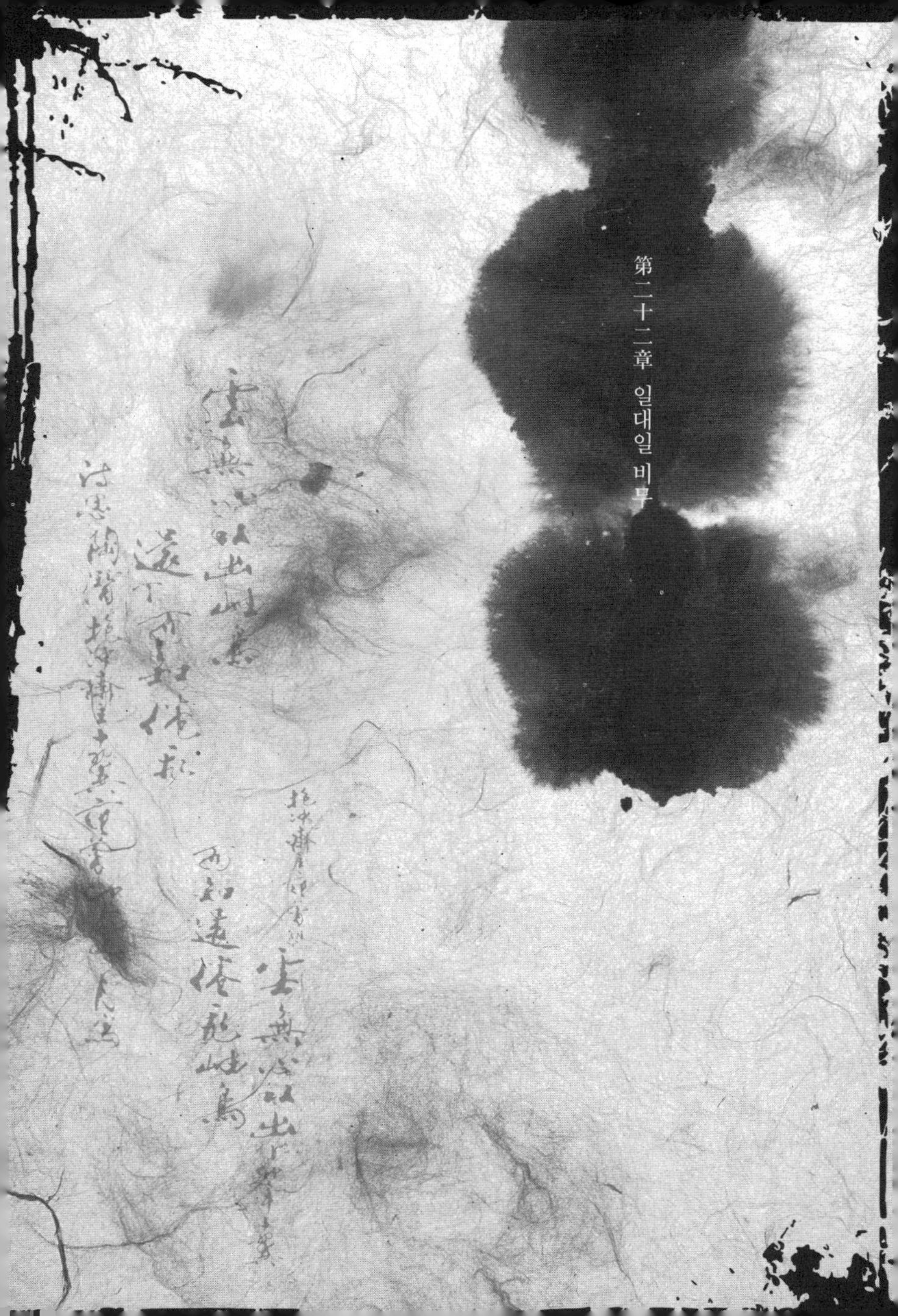

第二十二章 일대일 비무

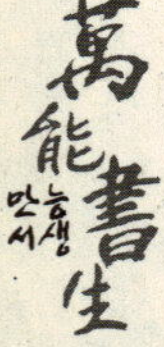

　만능서생이라는 다소 이상하지만 대단한 것처럼 보이는
별호는 한정이 만들었다.

　흑룡가인 반아미가 비무할 상대의 별호가 무엇이냐고 물
을 경우를 대비한 것이다.

　그것도 뒤늦게 한정이 지적을 했는데, 과연 반아미는 무도
관에 도착하자마자 상대의 별호부터 물었다.

　한정이 생각하기에 용비는 못하는 것이 없는 듯했다. 그녀
가 보는 관점에서의 용비는 완벽한 존재 그 이상이다. 그녀의
눈에 콩깍지가 끼어서 그렇다. 그래서 ‘만능서생’ 이라는 별

호를 즉흥적으로 지었다.

"이곳에서 잠시 기다리시오."

수진랑은 반아미를 무도관 내의 편좌방으로 안내하고는 돌아가려고 했다.

비무를 할 상대가 직접 마중하지 않아서 조금 불쾌했던 반아미는 편좌방에 혼자 기다리고 있으라는 말에 약간 신경질을 냈다.

"이봐요!"

반아미는 돌아서 가는 수진랑의 등에 대고 뾰족한 목소리로 그녀를 불렀다.

수진랑이 천천히 돌아서자 반아미는 팔짱을 끼면서 냉랭한 얼굴로 말했다.

"비무할 사람이 코빼기도 내비치지 않다니 너무 무례한 것 아닌가요?"

수진랑은 돌아서서 묵묵히 그녀를 주시했다. 그러자 그녀의 얼굴 앞에 세워져 있는 칼날이 더 또렷해지고 예리하게 보였다.

반아미는 흠칫했다. 그녀는 조금 전에 무도관 전문에서 수진랑을 봤을 때는 그녀의 얼굴 앞에 세워진 칼날을 제대로 보지 못했다. 문을 열어준 수진랑이 금세 돌아섰기 때문이다.

‘고수다!’

반아미는 수진랑을, 아니, 그녀의 얼굴 앞에 세워진 시퍼런 칼날 같은 기도를 보는 순간 그녀가 자기 못지않은 고수라고 판단했다.

반아미는 본능적으로 적잖이 긴장했다. 또한 가슴이 두근거릴 정도로 흥분했다.

그것은 그녀가 고수를 대면했을 때 느끼는 기분이다. 적당한 긴장감과 흥분은 그녀가 매우 즐기는 쾌감이다.

그녀가 가장 좋아하는 쾌감이 두 가지가 있는데, 하나는 지금 같은 느낌이고, 또 하나는 강한 상대를 굴복시켰을 때 온몸을 녹여 버리는 듯한 쾌감이다.

그녀는 수진랑의 칼날을 보는 순간 방금 전의 불쾌감 따위는 씻은 듯이 잊었다.

그런 사소한 감정을 품고 있다는 것은 고수에 대한 예의가 아니기 때문이다.

그녀는 수진랑을 향해 정중히 포권지례를 했다.

“귀하는 어느 방면의 누군가요? 필경 무명소졸은 아닌 것 같은데.”

“천추문의 수진랑이오.”

“검귀!”

수진랑이 짧막하게 대답하자 반아미는 움찔하며 자신도

모르게 반걸음 뒤로 물러났다.

‘검귀’라는 별호는 반아미를 놀라게 만들기에 충분했다. 그러나 겁을 먹어서 반걸음 물러난 것이 아니다.

그것은 고수 본연의 경계심이다. 그녀는 검귀가 천추문의 일대제자 중에서도 가장 뛰어난 여고수라는 사실을 소문으로 귀가 따갑도록 들어서 알고 있다.

그리고 언젠가는 그녀와 한번 겨루고 싶은 마음을 가슴속에 품고 있었다.

수진랑은 구태여 자신의 신분을 감추고 싶지 않았다. 후환이 두려워서 꼬리를 감추는 얄팍한 짓 따위는 그녀의 성미에 맞지 않는다.

반아미는 만능서생이라는 인물보다는 눈앞에 서 있는 검귀하고 비무를 하고 싶다는 욕구가 치솟았다.

그녀는 성격이 몹시 직설적이다. 돌려서 말하는 것도 모를 뿐더러 생각이 나는 대로, 감정이 시키는 대로 말과 행동을 곧장 쏟아낸다.

“귀하와 비무를 하고 싶군요.”

“천추문은 비무를 금하고 있소.”

“아, 그렇군요.”

반아미는 노골적으로 아쉽다는 표정을 지었다. 수진랑에게 비무를 금지하는 천추문의 문규를 깨라고 요구할 수는 없는 노릇이다.

반아미는 이런 천재일우의 기회를 놓쳐야 한다는 사실을 인정하기가 싫었다.

"만능서생은 귀하보다 강한가요?"

"내가 그의 심부름을 하고 있는 걸 보면 모르겠소?"

"오……!"

반아미의 입에서 탄성이 흘러나왔다. 그리고 그녀는 검귀와 싸우고 싶다는 욕망을 순식간에 날려 버렸다.

만능서생이 검귀보다 더 강하다고 한다. 그래서 만능서생하고 비무를 하기 위해서는 이 정도의 결례와 기다림은 능히 감수할 수 있다고 생각했다.

그녀에게 있어서 강함은 최고의 선이며 최고의 아름다움, 그리고 최고의 쾌감이었다.

반아미는 편좌방 입구에 실내 안쪽을 향해서 혼자 우뚝 서 있었다.

실내 창가에 정갈한 흑오목의 탁자와 의자가 있는 것으로 봐서 그곳에 앉아서 기다리라는 뜻인 듯한데 그녀는 그냥 서 있기로 했다.

그녀는 그다지 큰 키가 아니다. 수진랑에 비해서 한 뼘쯤 작고 체구도 가냘프고 아담했다. 그런 체구로 봐서는 무공을 연마하는 사람 같지 않았다.

그런데 그녀가 오른쪽 어깨에 메고 있는 한 자루 도는 매우 크고 길어서 그녀 키의 절반보다 긴 삼 척(약 93㎝)에 이르렀다.

그래서 어디에 앉으려면 도의 아래쪽을 옆으로 틀어서 의자나 바닥에 닿지 않도록 해야 한다. 그것이 그녀가 의자에 앉지 않으려는 이유 중 하나다.

그리고 또 하나의 중요한 이유는, 어딘가에 앉으면 긴장이 풀어지기 때문이다.

그녀는 지금 비무에서 이기기 위해 긴장을 최고조로 끌어올린 상태다.

그리고 그녀는 눈이 번쩍 뜨일 정도로 아름다운 미모를 지니고 있었다.

하지만 흔히 아름다움을 말할 때 표현하는 요염함이나 청순함, 농염함 같은 것은 찾아볼 수가 없다.

그런 것들이 없다는 것이 아니다. 오히려 풍부하다. 단지 강렬함과 날카로움, 활활 타오르는 불꽃같은 투지의 아름다움이 너무 돋보여서 그 뒤에 가려져 있는 것이다.

그러므로 사람들이 그녀를 보면 아름다움을 느끼기보다는 강렬함이나 투지를 먼저 발견하게 되는 것이다.

일신에는 홍의보다 더 짙은 새빨간 핏빛이며 몸에 찰싹 달라붙는 옷을 위아래로 입었다.

그 덕분에 단단하면서도 풍만한, 그러면서도 군살 하나 없는 몸매가 고스란히 드러난 모습이다.

전체적으로 가냘픈 몸매에 비해서 제법 큰 유방과 잘록한 허리, 팽팽하게 위로 올라붙은 둔부는 기묘한 부조화를 이루고 있다.

옆에서 보면 가슴은 앞으로 돌출하고 둔부는 뒤로 쑥 빠진, 정말 잘빠진 몸매다. 마치 한 마리 야생마를 보는 듯하다.

하지만 그녀가 달라붙는 옷을 즐겨 입는 이유는 자신의 몸매를 자랑하려는 의도는 전혀 없다.

오히려 그녀는 남이 자신의 몸을 흘깃거리는 것을 매우 싫어한다.

무림인들이 즐겨 입는 경장을 입고 싸우면 바람에 펄럭이는 소리 때문에 적의 공격이 일으키는 파공음을 감지하는 것을 방해하기 때문에 싫고, 또한 헐렁한 옷이 어딘가에 걸릴 수도 있기 때문에 거추장스럽다.

그러나 몸에 붙는, 특히 얇은 옷은 맨살과 같은 효과가 있어서 옷을 입지 않은 것 같다. 그러므로 싸울 때는 이런 옷이 좋다.

아니, 그녀는 평상시에도 이런 옷을 입고 있다. 언제 싸우게 될지 모르기 때문이다. 항상 만반의 준비를 하고 있는 것이 그녀의 습관이다.

그래서 그녀는 젖가슴의 유두가 완연하게 돌출되어 내비쳤으며, 허벅지 깊은 곳의 여자 특유의 도도록하고 한가운데가 갈라진, 마치 작은 도끼 자국 같은 모습이 선명하게 드러나 보인다.

그래도 그녀는 항상 이 복장을 고집한다. 다른 사람들이 그녀를 두려워해서 감히 쳐다보지 못하기 때문에 얇은 옷으로 인해 돌출된 유두와 도끼 자국이 있는지 그 자신은 전혀 모르고 있다.

아니, 설사 알고 있다고 해도 개의치 않는다. 그녀는 안하무인의 독불장군이기 때문이다.

저벅저벅.

그때 실내 한쪽에서 발걸음 소리가 들려 그녀가 쳐다보니 서생 차림의 소년 한 명이 실내 오른쪽의 입구에서 나와 탁자 쪽으로 걸어가고 있다. 그는 반아미에게는 시선조차 주지 않고 탁자를 향해 걸어갔다.

반아미는 서생 차림인 그가 오늘의 비무 상대인 만능서생일지도 모른다고 생각했다.

그러나 곧 의아한 표정을 지었다. 그는 무기를 지니지 않았으며 두 손으로 쟁반을 받쳐 들고 있는데, 쟁반에는 차 주담자와 두 개의 찻잔이 놓여 있다.

서생 차림의 소년 현도는 탁자에 찻잔을 내려놓고 차를 따르면서 반아미를 보며 온화한 미소를 지었다.

"비무를 하기 전에 차라도 한 잔 드십시오."

반아미는 아무 말도 하지 않고 현도를 쏘아보기만 했다.

"하하! 공자께서는 비무 전에 꼭 차를 마십니다."

'공자?'

그 말에 반아미는 차를 따르고 있는 소년이 비무 상대가 아니라는 사실을 깨달았다. 그녀는 여전히 입구 안쪽에 우뚝 서서 현도에게 물었다.

"그는 어디에 있나요?"

"곧 오실 겁니다."

저벅저벅.

현도의 말이 끝나기가 무섭게 그가 나왔던 반대 방향에서 발걸음 소리가 났다.

현도는 개의치 않고 차를 마저 따르고 있는데, 반아미는 그곳을 쳐다보았다.

그곳에서 흑의 유삼을 입고 오른쪽 어깨에 한 자루 장검을 멘 큰 키의 한 소년이 성큼성큼 걸어오고 있었다.

"……!"

반아미는 흑의 유삼 소년을 보는 순간 자신도 모르게 흠칫 놀랐다.

소년이 가까이 오지도 않았는데 그에게서 뭐라고 표현할 수 없는 이상한 기도가 파도처럼 거세게 풍겨왔다.

그리고 소년이 조금 더 가까이 다가와 얼굴을 쳐다봤을 때에는 방금 전의 느낌과는 또 다른 오싹함이 그녀의 온몸을 훑었다.

그녀는 지금까지 수백 명의 고수를 만나봤지만 이런 굉장한 기도를 뿜어내는 사람은 처음 보았다.

흑의소년 용비는 반아미와 탁자의 중간쯤에 멈춰 서서 그녀를 향해 돌아섰다.

'아, 이런 엄청난 기도라니……'

반아미는 이 장 거리의 용비에게서 전해지는 강력한 기도에 숨조차 쉬지 못하고 극도로 긴장했다. 그리고 부지중에 등줄기에서 식은땀이 흘러내렸다.

"당신은……."

"만능서생이오."

그녀는 물으려고 하지 않았는데 입이 저절로 열려서 질문을 했고, 용비는 몸과 얼굴에서 뿜어내는 기도 못지않은 자욱한 목소리로 나직이 대답했다.

'이자가 만능서생……'

반아미는 조금 전 검귀가 한 말을 생각해 냈다. 그녀는 자신이 만능서생의 심부름꾼이라고 했다.

그런데 지금 만능서생을 눈앞에서 직접 보니까 과연 그녀
의 말이 맞는 것 같았다.

용비는 만능서생의 '서생' 이라는 호칭에 걸맞게 보이기
위해서 유삼을 입었다.

한정이 직접 거리에 나가서 골라주었으며, 흑색을 좋아하
는 용비의 취향에 맞추었다.

사실 그는 지금 젖 먹던 힘을 다해서 자신만의 기도를 쥐어
짜 내고 있는 중이다. 자신을 매우 고강한 무림고수로 보여야
하기 때문이다.

반아미는 용비의 얼굴, 특히 두 눈에서 시선을 떼지 못하고
있었다.

그의 눈빛을 색으로 표현한다면 붉으면서도 칠흑 같은 먹
빛이라고 할 수 있다.

도무지 인간의 눈 같지가 않다. 인간이라면 아무리 애를 써
도 저런 종류의 눈빛을 뿜을 수 없다.

더구나 왼쪽 눈 흰자위에 쌀알 크기의 새빨간 점이 은은하
게 빛나는 것 같아서 반아미는 자신도 모르게 마른침을 꿀꺽
삼켰다.

저벅저벅.

"이리 오시오."

용비는 몸을 돌려 탁자로 걸어가며 나직이 중얼거렸다. 거

역하기 어려운 목소리다.

　용비는 반아미를 등지고 탁자로 걸어가는 중이라서 그녀를 볼 수가 없다.

　하지만 차를 다 따른 현도가 허리를 펴고 용비를 쳐다보면서 그 뒤쪽의 반아미를 보다가 눈빛이 가볍게 흔들리는 것을 발견했다.

　반아미는 제자리에서 꼼짝도 하지 않았다. 걷고 있는 용비의 뒷모습만 뚫어지게 주시할 뿐 고집스럽게 붉은 입술을 꼭 다문 모습이다.

　용비는 현도의 표정이 미미하게 변하는 것을 보고 반아미가 탁자로 오지 않고 있다는 사실을 짐작했다.

　그렇다면 미혼약이 들어 있는 차를 반아미에게 먹이는 것은 이로써 실패다.

　한 번 권해서 마시지 않으면 실패했다고 생각해야 한다. 두 번, 세 번 자꾸 차를 마시라고 하는 것은 오히려 의심을 살 수도 있기 때문에 이쯤에서 포기하는 것이 낫다.

　자꾸 무리하게 권하면 두 번째 작전인 미혼향을 살포하는 것에 지장을 줄지도 모른다. 그렇기 때문에 안 되는 것은 깨끗이 포기하는 것이 좋다.

　그런데 복은 쌍으로 오지 않고 화는 홀로 오지 않는다는 불길한 옛 속담이 지금 이곳에서 일어났다.

　용비 등이 계획한 일차와 이차 작전이 한꺼번에 물거품이
되는 일이 벌어진 것이다.

　"밖에서 기다릴 테니까 싸울 준비가 되면 부르세요."

　반아미의 나직한 목소리에 용비는 탁자에 거의 다 왔다가
우뚝 멈추고, 현도는 놀라서 하마터면 들고 있던 차 주담자를
떨어뜨릴 뻔했다.

　자박자박.

　용비는 눈으로 보지 않고 발걸음 소리만 듣고도 반아미가
밖으로 걸어나가고 있다는 것을 알 수 있었다.

　그는 씁쓸한 미소를 지으며 의자에 앉아 무심코 찻잔을 집
어 들었다.

　그가 가볍게 미간을 좁히면서 찻잔을 입으로 가져가려는
데 갑자기 현도가 찻잔을 낚아챘다.

　탁!

　그 바람에 찻잔의 차를 절반 이상 쏟았다.

　용비가 쳐다보자 현도는 씁쓸한 표정으로 고개를 가로저
으며 마시면 안 된다는 시늉을 했다.

　그걸 보고 용비는 자기가 방금 마시려던 차에 미혼약이 들
어 있다는 사실을 떠올렸다.

　일차와 이차 작전이 졸지에 무산됐다는 실망감에 정신이
없다 보니 반아미가 앉아야 할 자리에 앉아서 그녀가 마셨으

면 더없이 좋았을 차를 집어 든 것이다.

차 주담자의 차는 마셔도 상관이 없다. 반아미가 마실 찻잔에는 미리 미혼약이 발라져 있기 때문이다.

용비는 손을 뻗어 자신의 찻잔을 집어 들고 나서 현도를 쳐다보았다.

서로 말은 없지만 세 번째 작전으로 가자고 두 사람은 의견을 교환했다.

세 번째 작전은 강사그물이다. 결우당 친구들이 어제 밤샘 작업을 해서 비무를 치를 연무장 안에 강사그물을 감쪽같이 배치해 놓았다.

나무로 된 바닥의 틈새와 역시 나무로 된 사방 벽 틈새에 강사그물을 촘촘하게 눈에 띄지 않도록 집어넣는 작업은 결우당 친구들의 열 손가락 손톱이 다 문드러지게 만들어놓았다.

미혼약이나 미혼향이 성공할 것이라고 예상했는데 강사그물까지 사용하게 될 줄은 몰랐다.

하지만 이제 실패는 없다. 반아미가 비무를 하러 연무장에 들어오면 그것으로써 끝이다.

그런데 비무 시작을 알리러 갔던 현도가 안색이 하얗게 질려서 돌아왔다.

“공자, 반아미 소저께서 밖의 마당에서 비무를 하자고 말씀하셨습니다.”

고수인 반아미가 밖에서도 들을 수 있으므로 현도는 용비에게 깍듯하게 보고를 했다. 그러나 그의 목소리는 가늘게 떨리고 있었다.

“어두컴컴한 실내보다는 환한 바깥이 비무하기에 좋다고 하셨습니다.”

용비의 얼굴이 잔뜩 찌푸려졌다. 작전을 삼차까지 세웠는데 모조리 물거품이 됐다. 그것은 마치 반아미가 자신을 함정에 빠뜨리려는 계획을 사전에 알고 있기라도 한 것 같은 행동이다.

현도가 어떻게 하면 좋으냐는 표정으로 쳐다보자 용비는 잠시 생각에 잠겼다가 진중한 목소리로 약간 언성을 높여서 말했다.

“나는 실내에서 비무하기를 원한다고 반 소저에게 전해라. 만약 원하지 않는다면 오늘의 비무는 없었던 것으로 하겠다는 말도 아울러 전해라.”

그는 밖에 있는 반아미에게 들리도록 일부러 큰 소리를 낸 것이다.

만약 삼차 작전이 먹히지 않으면 실패로 끝난다. 그래서 어떻게 해서든 반아미를 강사그물이 있는 연무장 안으로 끌어

들여야만 했다.

그녀는 비무광이기 때문에 쉽게 포기하고 물러가지는 않을 것이라는 것에 한 가닥 기대를 걸었다.

과연 현도는 밖으로 나갔다가 용비의 말을 전하기도 전에 돌아왔다.

그녀는 용비가 하는 소리를 밖에 선 상태에서 직접 들은 것이다.

"공자, 반 소저께선 오늘 반드시 비무를 해야만 한다고, 자신은 수락한 비무를 한 번도 중도에서 포기한 적이 없으며, 연무장에서는 절대로 비무를 하지 않겠다고 말씀하셨습니다."

만약 용비가 끝까지 비무를 하지 않겠다고 버틴다면 반아미가 어떻게 나올지 알 수가 없다.

그렇지만 지금으로선 달리 방법이 없다. 그는 반아미하고 진짜로 비무를 할 생각은 처음부터 계획에 없었으므로 이런 상황이라고 해도 그쪽으로 밀고 갈 생각은 없다.

그때 다른 방에서 숨을 죽이고 있던 한정과 낙혼, 요조가 나와서 용비에게 다가왔다.

낙혼이 용비 맞은편에 서서 오만상을 쓰며 투덜거렸다.

"좆 됐다."

반아미는 반 시진 동안이나 마당의 뙤약볕 아래에 우뚝 선 자세로 움직이지 않았다.

아직 늦여름이라서 한낮의 더위가 기승을 부려 땀을 비 오듯이 흘리면서도 미동조차 하지 않았다.

그녀의 얇은 옷이 땀에 젖어서 몸에 찰싹 달라붙어 유두는 물론 유방까지, 그리고 둔부와 소중한 부위의 도끼 자국이 더욱 선명하게 드러났다.

현도가 거듭 '만능서생이 연무장에서가 아니면 비무를 하지 않겠다'는 말을 전했으나 반아미는 꿈쩍도 하지 않았다.

그래서 결국 수진랑이 나섰다. 사실 천추문에 비무를 해서는 안 된다는 규칙 같은 것은 애당초 없었다.

단지 반아미의 비무 요청을 거절하기 위해서 그렇게 둘러댔던 것뿐이다.

수진랑은 평소에 거짓말을 하지 않는 성격이지만 선의를 위해서라면, 그리고 용비를 위해서라면 그보다 더한 것도 할 수 있다.

하지만 이제는 그녀가 나설 수밖에 없는 상황이다. 반아미가 비무를 하기 전에는 한 발자국도 움직이지 않으려고 하니 어쩔 수가 없다.

"내가 상대하겠소."

수진랑은 반아미 맞은편에 우뚝 서서 여전히 남자 같은 말투로 입을 열었다.

반아미는 일언지하에 거절했다.

"나는 만능서생하고 비무를 하러 왔어요."

그녀는 조금 전에 수진랑에게 비무를 하자고 요구했다. 그러나 수진랑보다 훨씬 고강할 것 같은 만능서생을 목격한 이후로는 만능서생하고 비무를 할 생각으로 머리가 꽉 차 있는 상태다.

용비가 안간힘을 써서 기도를 뿌려낸 것이 원하지 않는 방향으로 흘러가고 있는 것이다.

"그렇다면 그가 원하는 대로 연무장으로 자리를 옮겨서 비무를 하시오."

반아미는 아미를 상큼 치켜떴다.

"어째서 자꾸 연무장에서 비무를 하자고 그러는 건가요? 연무장 안은 행동에 제약을 받아서 불편해요. 여기에서 비무를 하면 안 되는 이유라도 있나요? 이상하군요."

반아미가 그렇게까지 말하는데 수진랑은 더 이상 할 말을 찾지 못했다. 그녀는 잔머리를 굴리는 데에는 젬병이다.

한 번 의심을 하기 시작하면 의심이 꼬리를 물고 이어지게 마련이다.

이번 일이 실패로 끝나는 것과 탄로 나는 것에는 큰 차이가 있다.

　실패하면 계획을 다시 짜서 새롭게 도전하면 되지만, 탄로는 결우당의 몰살을 의미한다.

　그리고 거기에 관여했던 사람들은 모두 매장될 것이다. 용비나 세 친구는 물론이고, 한정과 수진랑까지도 말이다. 천추문의 소문주와 일대제자가 사기꾼들과 한패가 되어 협잡을 벌이려다가 들통 났으니 모든 사람에게 손가락질을 받을 것이 뻔하다.

　수진랑은 마지막 패를 꺼냈다.

　"나하고 비무를 해서 이기면 만능서생과 비무를 할 수 있을 것이오."

　"호오, 억지를 부리시겠다는 건가요?"

　억지가 맞다. 이런 짓은 수진랑의 성미에 전혀 맞지 않는다. 하지만 이럴 수밖에 없다.

　그녀가 반아미를 꺾으면 만능서생에게 도전하지 못할 것이기 때문이다.

　그러나 그것도 여의치 않은 것 같다. 반아미는 생각보다 더 고집불통이다.

　"만능서생과 비무를 할 수 없으면 나는 신룡보의 이름을 걸고 반드시 그의 모든 것을 몰락시킬 거예요. 왜냐하면 그가 비무 약속을 스스로 파기했기 때문이에요."

　긁어 부스럼이라고 하더니, 이것은 아예 긁어서 종양을 만들어 버렸다.

이제 방법은 하나뿐이다. 수진랑이 반아미를 제압하여 신룡경천도법을 얻어내고 이후에 그녀를 죽여서 흔적조차 없애 버리는 것이다.

수진랑에게 반아미를 제압할 능력이 있을지 없을지는 지금으로선 짐작할 수가 없다.

반아미하고 싸워본 적도 없을뿐더러 그녀가 어떤 무공을 사용하는지, 그리고 얼마나 강한지 짐작조차 할 수 없기 때문이다.

막다른 길에 몰렸으니 무조건 전력을 다해서 반아미를 제압해야만 한다.

승!

"두 번 말하지 않겠소."

수진랑이 검을 뽑자 반아미는 뜻밖이라는 표정을 지었다가 미간을 좁혔다.

"홍! 막나가자는 거로군요?"

반아미는 싸늘한 표정을 지으며 어깨의 도파를 잡았다.

"그렇다면 나도 예의를 차릴 필요가 없겠군요. 이제는 나도 인내심에 한계를 느끼고 있으니 당신을 죽이고 만능서생이라는 자도 죽여야 기분이 풀릴 것 같군요."

그때 한쪽에서 나직하지만 힘있는 목소리가 들렸다.

"랑아, 물러나라."

두 소녀가 쳐다보니 전각에서 용비가 혼자 천천히 걸어나오고 있었다.

수진랑은 움찔 놀라 급히 전음을 보냈다.

[어쩌려고 그래?]

"물러나라고 했잖느냐."

용비는 그녀의 전음을 묵살하고 명령하듯이 재차 말했다.

수진랑은 용비가 직접 반아미를 상대하려 한다는 사실을 깨닫고 초조한 마음을 금치 못했다.

만약 수진랑이 반아미하고 싸우면 여러 면에서 득보다 실이 많기 때문에 용비가 그것을 막으려고 나섰다는 것을 수진랑이 모를 리가 없다.

하지만 용비가 어쩌려는 것인지 알 수가 없다. 그가 반아미하고 일대일로 비무를 하려는 것은 아닌 듯하다.

지난번에 그가 토지묘에서 요조를 구하는 과정에 개방제자들하고 싸워서 중상을 입으며 이기는 것을 보긴 했지만, 아직 반아미하고 싸우려면 턱없이 모자라다.

삼류가 일류고수를 이길 수는 없다. 최소한 수진랑은 그렇게 생각했다.

용비가 뭔가 기발한 방법이 있기 때문에 나섰을 것이라고 생각한 수진랑은 한쪽으로 물러났다. 이렇게 된 이상 용비에게 맡길 수밖에 없다.

그러나 그녀의 생각은 틀렸다. 궁지에 몰린 용비에게 따로 좋은 방법이 있을 리가 없다.

그는 반아미가 자신과 싸우지 않고는 절대로 물러나지 않을 것이라고 판단했다.

그래서 그는 반아미하고 일대일로 싸워볼 각오다. 믿을 것은 삼원심공의 사공과 호신도 속에서 대신에게 배운 몇 가지 수법뿐이다.

몇 가지라고 하지만 사실은 호투신박(虎鬪神拍)이라고 하는 종합적인 한 가지 싸움법이다. 그 이름은 용비와 교감할 수 있는 대신이 가르쳐 주었다.

호투신박 안에는 달리고 뛰며 날아오르고 치고받는 수십 가지 초식과 수백 종류의 변화가 들어 있다. 용비는 백오십여 일 동안 그것을 거의 완벽하게 터득했다.

용비는 그것이 어디까지나 그림 속에서 현실인지 꿈인지 모르는 상황에서 배운 것이고, 짐승인 대신하고 배운 것이기 때문에 과연 현실에서 얼마나 위력을 발휘할지에 대해서는 전혀 짐작조차도 못하고 있다.

하지만 이제는 더 이상 물러날 곳이 없으므로 삼원심공의 사공과 호투신박을 최대한 발휘하여 전력으로 반아미와 싸워볼 생각이다.

그는 사부 완사가 대단한 인물이므로 그가 남긴 호신도 안에서 배운 호투신박이 결코 허접하지는 않을 것이라고 굳게 믿었다.

용비의 오른쪽으로 삼 장쯤 물러난 수진랑은 가볍게 움찔 놀라는 표정을 지었다.

용비가 반아미에게 천천히 걸어가더니 정면 삼 장 거리에 마주 보고 우뚝 멈춰 섰기 때문이다.

그래서 수진랑은 설마 용비가 비무를 하려는 것이 아닌지 불길한 예감이 들었다.

그리고 그녀의 예감은 적중했다. 원래 예감이란 불길할수록 더 잘 들어맞는 법이다.

용비는 두 손을 늘어뜨리고 반아미를 보며 나직한 목소리로 중얼거렸다.

“내기를 합시다.”

용비가 비무를 하러 나왔다는 사실에 기분이 고조된 반아미는 눈도 깜빡이지 않고 뚫어지게 그를 주시했다.

“뭐죠?”

“이 비무에서 패하는 자가 이기는 자의 종이 되는 것이오.”

용비로서는 최후의 발악이다. 만에 하나 자신이 천신만고 끝에 이기기라도 하면 반아미를 종으로 삼을 수 있으니까 어렵지 않게 신룡경천도법을 얻을 수 있을 것이다.

그것만 얻어내고 나면 그녀는 더 이상 종으로서의 가치가 없으니 자유롭게 놔주면 된다. 그것으로써 그녀와의 인연은 끝이다.

그러나 용비가 패하더라도 결단코 그녀의 종이 되는 일은 없을 것이다.

말로는 종이 되겠다고 해놓고서 실제로는 종이 되지 않으면 그만이라는 얘기다.

그녀가 용비의 목에 쇠사슬을 묶지 않는 한 그녀는 절대로 그를 종으로 둘 수 없을 것이다.

"좋아요. 약속해요."

방금 전까지만 해도 반아미는 전력을 다해서 용비를 죽일 생각이었으나 내기라는 말에 계획을 바꿨다.

그녀는 이 묘한 사내를 굴복시켜서 종으로 삼고 싶다는 마음이 들었다.

용비는 가볍게 고개를 끄덕였다.

"나는 준비가 됐으니 언제라도 공격하시오."

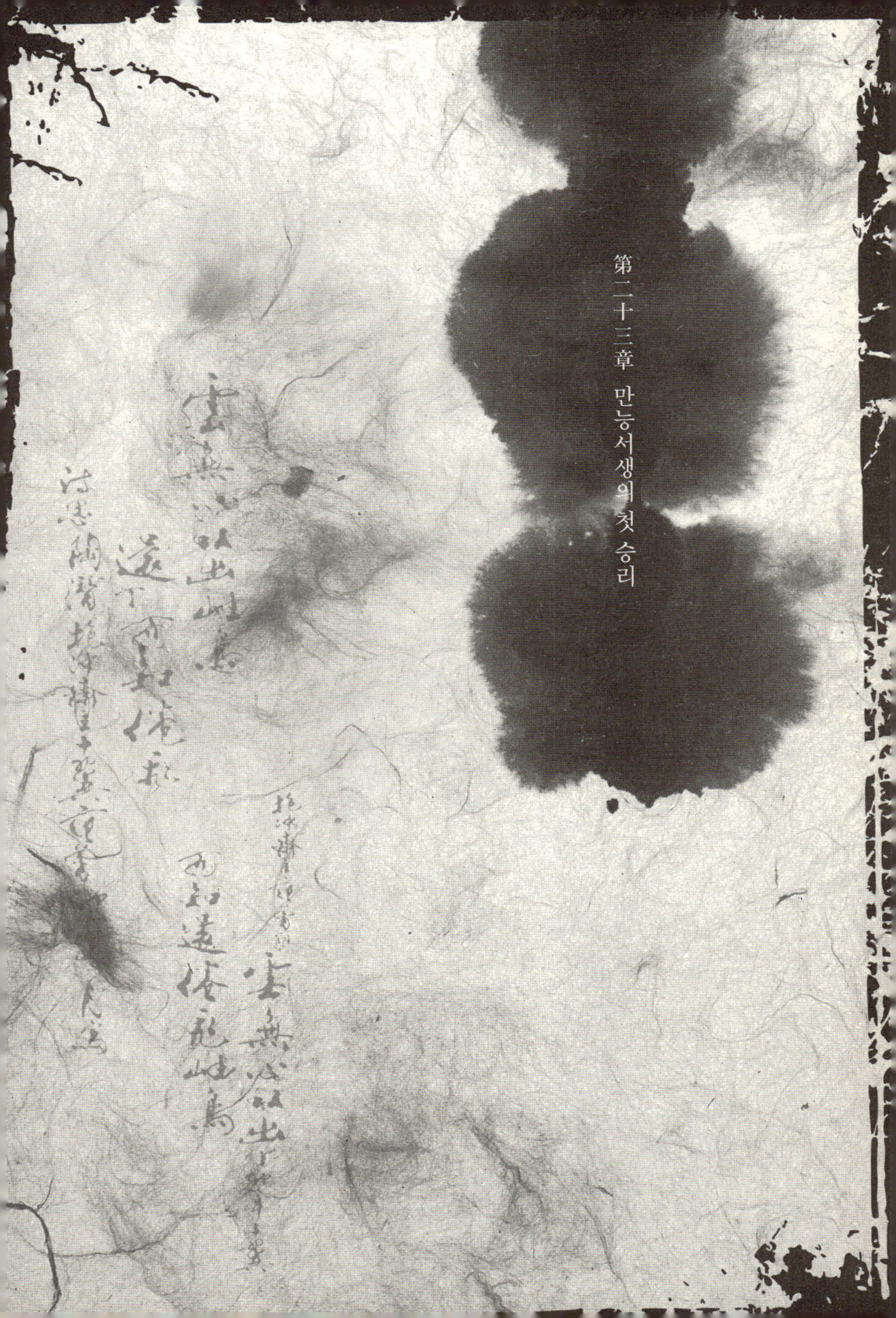

第二十三章 만능서생의 첫 승리

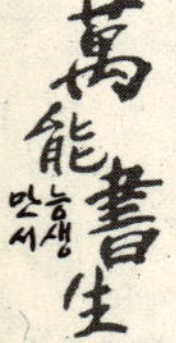

반아미는 용비가 마당에 나타난 그 순간부터 이미 잔뜩 긴장하고 있었다.

공력을 너무 끌어올려서 몸이 터질 것만 같고, 도를 잡을 오른팔에 힘을 너무 줘서 가늘게 떨리기까지 했다.

그녀는 지금껏 오십여 차례나 비무를 해봤지만 이렇게 긴장하기는 처음이다.

지금 그녀가 보고 있는 용비는 아까하고는 또 딴판이다. 지금은 소름 끼치는 기도는 사라졌으며, 마치 심연처럼 어둡고도 무거운 분위기를 흩뿌리고 있다.

그녀는 가끔 이런 기도를 자신의 부친에게서 본 적이 있다. 그것은 무념무상(無念無想)의 경지다. 그래서 무슨 생각을 하고 있는지 도저히 알 수가 없다.

반아미는 굳은 얼굴로 용비를 쏘아보았다. 지금 그녀는 용비에 대해서 아무것도 모른다.

단지 엄청난 기도를 온몸에서 뿜어내고 있다는 사실만 알고 있을 뿐이다.

그것만으로도 그녀는 난생처음 불길한 예감을 느꼈다. 자신이 이 비무에서 패할지도 모른다는.

패하면 그의 종이 될 것이다. 그래도 물러나고 싶은 생각은 손톱만큼도 없다. 자신을 굴복시킨 사내라면 기꺼이 종이 되어줄 수도 있다.

그것이 냉엄한 승부의 세계이다. 그리고 종이 되어 그의 곁에 머물면서 부단히 노력하여 장차 종에서 벗어나는 내기를 걸고 다시 비무를 하여 이기면 된다.

그녀는 입술을 피가 나도록 힘껏 깨물었다.

'무슨 생각을 하는 거야, 반아미! 너는 한 번도 패한 적이 없어! 이번에도 반드시 이길 거야!'

스릉!

그녀는 마음을 다부지게 먹고 천천히 도를 뽑아 두 손으로 힘껏 움켜잡았다.

수진랑은 조금 전에 뽑은 검을 오른손에 쥐고 있다. 여차하면 달려들어 용비를 구할 생각이다.

타앗!

순간 반아미가 두 손으로 잡은 도를 머리 위로 치켜들면서 곧장 용비를 향해 달려들었다.

그런데 달리는 속도가 실로 대단했다. 발끝으로 힘껏 땅을 박차고 달려나가는 순간 어느새 용비의 일 장 전면에서 쇄도하고 있다. 순식간에 이 장을 좁힌 것이다.

그러면서 도를 오른쪽에서 왼쪽, 위에서 아래로 비스듬히 후려 나갔다.

패액!

얼마나 강력한 위력이 실려 있는지 도가 허공을 가르자 찢어지는 음향이 터졌다.

그녀는 실전 경험이 풍부하다. 더구나 여러 방면의 고수들을 상대해 봤기 때문에 임기응변에 능란하다. 그것이 그녀의 강점이다.

'위험하다!'

수진랑은 용비가 반아미의 최초의 일 초 공격조차 피하지 못할 것이라는 생각에 반사적으로 튀어나갔다.

하지만 자신이 아무리 빠르게 대처한다고 해도 절대로 반아미에게서 용비를 구해내지는 못할 것이라는 생각이 뇌리를 스쳤다.

그리고는 조금 전에 용비가 싸우겠다고 나섰을 때 어째서 결사적으로 말리지 않았는지 그 짧은 순간에도 피눈물을 흘리듯 후회했다.

수진랑의 눈에 반아미의 도가 용비의 왼쪽 어깨에 막 닿고 있는 광경이 보였다.

그래서 그녀는 도가 용비의 몸통을 절단할 것이라는 생각에 머릿속이 하얘지며 절망에 빠졌다.

그런데 다음 순간 수진랑의 눈에 다시 들어온 장면은 용비가 반아미의 왼쪽에서 그녀의 겨드랑이 아래를 향해 주먹을 뻗고 있는 광경이다.

반아미는 두 손으로 도를 잡고 있기 때문에 왼쪽 겨드랑이 아래가 완전히 비어 있다. 그곳에 일격을 적중당하면 곧장 심장에 충격이 가해질 것이다.

수진랑은 눈을 전혀 깜빡거리지도 않고 주시하고 있었는데, 용비가 대체 어떤 방법으로 왼쪽 어깨에 닿고 있는 도를 피했으며 어떻게 해서 반아미의 왼쪽으로 돌아갔는지 전혀 보지 못했다.

실제로는 반아미의 도가 왼쪽 어깨에 닿으려고 할 때 용비는 도보다 더 빠른 속도로 오른쪽으로 이동하면서 한 바퀴 빙글 몸을 돌리며 그녀의 왼쪽으로 돌아가 주먹을 뻗은 것이다.

지금 용비는 새로운 경험을 하고 있었다. 반아미의 공격이 희한하게도 일목요연하게 다 보였다.

더구나 그녀의 동작은 매우 느렸다. 하지만 사실 그녀가 느린 것이 아니라 용비의 눈이 빠른 것이다.

반아미하고는 비교도 할 수 없을 정도로 빠른 동작의 대신하고 매일 수련한 용비의 눈에 반아미의 동작이 자세히 보이는 것은 당연했다.

빠르기로 치면 반아미는 대신의 발꿈치에도 이르지 못한다. 대신은 단순한 짐승이 아닌 영물이며 사부 완사가 만들어 낸 신령한 존재다.

쐐액!

용비의 주먹이 겨드랑이 아래에 막 닿으려는 순간 반아미는 상체를 오른쪽으로 쓰러뜨려서 피하는 것과 동시에 오른발 끝을 축으로 삼아 빙글 반회전하면서 용비를 향해 도를 후려쳤다. 방어와 공격을 동시에 발휘하는 놀라운 임기응변이다.

용비는 도가 왼쪽에서 자신의 목을 향해 수평으로 그어오는 것을 곁눈으로 힐끗 발견했다.

그 정도 공격은 슬쩍 고개만 숙이면 피할 수 있지만 그는 그러지 않고 발끝에 약간 힘을 주어 위로 솟구쳤다. 그 역시 방어와 공격을 동시에 전개하려는 것이다.

숫.

반아미의 도가 아슬아슬하게 발밑으로 스치고 지나가는 순간 그는 왼쪽 무릎을 구부려 무릎으로 반아미의 머리를 찍어갔다.

그러나 반아미는 고개를 반대쪽으로 젖히면서 그의 하체를 향해 도를 쓸어갔다.

용비와 반아미 둘 다 방어와 공격을 동시에 병행하는 움직임을 보이고 있다.

반아미는 조금 전에 수평으로 베어가고 있던 도를 중도에서 방향을 꺾어 위로 베어 올리고 있었다. 전력으로 휘두르던 도를 중도에서 방향을 전환하다니, 자신의 팔보다 더 자유자재로 도를 다루고 있다.

몇 차례 기량을 선보인 용비는 자신감이 부쩍 생겼다. 호신도 속에서 대신에게 배웠던 호투신박을 현실에서도 전개할 수 있다는 것을 분명히 확인했다.

아니, 오히려 그림 속에서보다 현실에서 훨씬 더 위력을 발휘한다는 사실을 그는 방금 반아미와의 몇 합의 싸움에서 알게 되었기 때문이다.

그는 지금 전력을 다하지 않고 있다. 아니, 전력의 오 할에도 미치지 못했다.

그가 일부러 그렇게 하려는 것이 아니라 몸이 알아서 조절해 주고 있는 것이다.

그는 자신이 전력을 다하면 반아미를 제압하는 것은 어렵지 않을 것이라고 확신했다.

용비는 무릎으로 반아미의 옆머리를 가격하는 대신 하체가 도에 잘리는 어이없는 짓은 하지 않았다.

그는 여전히 위로 솟구치는 기세를 빌려 그녀의 머리 위를 한 뼘 거리에서 스치듯이 날아 넘으며 발뒤꿈치로 그녀의 어깨를 툭 건드렸다.

탁!

"윽……."

살짝 건드렸으나 그녀는 어깨가 바스러지는 고통을 느끼면서 크게 비틀거리며 한쪽으로 밀려갔다.

위기를 느낀 그녀는 예상했던 것보다 만능서생이 더 고강하다는 사실과 평범한 수법으로는 그를 이길 수 없다는 것을 깨달았다.

그래서 그녀는 공력 손실이 많지만 자신이 최고로 자랑하는 수법을 전개하기로 마음먹었다.

그녀는 그 수법을 완벽하게 터득하지 못한 상태라서 길어야 삼 초식 이상을 전개하지 못하고 기진맥진할 것이다.

하지만 그 수법을 전개하기만 하면 삼 초식 안에, 아니, 단일 초식으로 만능서생을 굴복시킬 수 있다고 확신했다.

'굉장하다!'

수진랑은 너무 놀라서 입을 벌린 채 용비의 일거수일투족을 주시하고 있다.

지금 그녀가 보고 있는 용비는 얼마 전 토지묘에서 요조를 구하려다가 개방제자들에게 중상을 입은 그 용비가 절대로 아니다.

지금은 전혀 새로운 용비다. 현재까지 봤을 때 그는 반아미를 데리고 노는 중이다.

비틀거리면서 물러나고 있는 반아미는 용비가 이 절호의 기회를 놓치지 않고 공격할 것이라고 짐작했다. 그러면 그것을 역으로 이용하리라고 마음먹었다.

과연 용비는 발끝으로 땅을 딛자마자 화살처럼 빠르게 반아미를 향해 돌진해 오고 있다.

반아미는 최고로 끌어올린 공력을 두 팔에 집중시키면서 구결을 머릿속으로 외우는 것과 동시에 몸을 비틀며 전력으로 도를 떨쳐 냈다.

휘류류룽!

순간 세찬 회오리바람 같은 음향이 터졌다. 도에서 나는 소리라고는 여겨지지 않았다. 그것은 그녀가 자랑하는 흑룡참마도다. 그녀의 별호 흑룡가인은 바로 흑룡참마도에서 비롯되었다.

지켜보고 있던 수진랑은 움찔했다.

'설마 도풍(刀風)이라는 말인가?'

검풍이나 도풍은 일류고수라고 해도 전개하기가 여간 까다로운 수법이 아니다.

수진랑은 반아미가 자신과 막상막하를 이룰 것이라고 판단했다. 그렇다면 용비는 수진랑보다 고강하다는 뜻이다.

반아미를 향해 호주를 전개하여 빠르게 쇄도하고 있던 용비는 무언가 보이지 않는 기운이 자신을 향해 쏘아오고 있는 것을 감지했다.

반아미는 도를 휘두르는 자세를 취하고 있으며 용비는 도의 공격권 밖에 있다.

그런데도 보이지 않는 무형의 기운이 날카롭게 쇄도하는 것이 생생하게 느껴졌다.

그것이 무엇인지는 모르지만 적중되거나 휩쓸리면 위험할 것이라고 본능적으로 직감했다.

그러나 옆으로 피하려던 그는 무형지기의 공격권이 예상외로 넓다는 사실을 깨달았다. 즉, 반아미에게서 부챗살처럼 퍼져서 뿜어지고 있는 것이다.

그가 아무리 빠르다고 해도 이 공격을 피할 수 있을 것 같지 않았다. 피하기에는 공격의 범위가 너무 넓었다.

순간 그는 땅으로 몸을 날려 구르는 방법을 택했다.

팍!

그런데 왼쪽 어깨가 화끈했다. 부챗살 같은 무형지기, 즉 도풍은 좌우로만 부챗살처럼 확산된 것이 아니라 아래쪽으로도 마찬가지였다.

반아미는 땅을 구르고 있는 용비의 왼쪽 어깨에서 피가 확 뿜어지는 것을 보고 내심 쾌재를 불렀다.

그녀는 용비에게 득달같이 달려들면서 두 번째 흑룡참마도를 벼락같이 전개했다. 그러면서 이것으로써 그를 굴복시킬 수 있다고 확신했다.

콰류류룽!

조금 전 일초식 때보다 더 강렬한 파공음이 터졌다. 그것보다 더 위력적이라는 뜻이다.

어깨를 다친 용비는 땅을 박차고 반아미에게 퉁겨 오르다가 두 번째 도풍이 뿜어오자 움찔했다.

이번 것은 처음 것보다 더 가까운 거리이면서도 훨씬 더 위력적이라는 사실을 간파했다.

그는 이제 방법이 하나뿐이라고 판단했다. 사공 중에 하나를 사용하되 공기(功氣)가 발출돼야만 한다.

그러지 못하면 아마 그는 도풍에 정면으로 적중당해서 즉사하고 말 것이다.

사공 중에 무엇을 발출할지 고를 겨를조차 없다. 단지 무엇이 발출되든지 나와주기만 하면 다행이라고 생각했다.

그는 두 번째 도풍을 정면으로 부딪쳐 가면서 힘껏 오른 주먹을 내뻗었다.

휘우웅!

순간 그의 주먹에서 새카만 먹빛의 기류가 폭발하듯이 무시무시하게 뿜어졌다.

또한 그것은 맹렬하게 소용돌이치면서, 발출되는 순간에는 주먹 크기였으나 쏘아나가면서 점점 커지더니 도풍을 곧장 부딪쳐 갔다.

'뭐야?'

반아미는 자신을 향해 무서운 속도와 기세로 쇄도해 오는 먹빛 기류를 발견하고 움찔했다. 그것이 무엇인지 알 수가 없어서 찰나지간 멈칫했다.

하지만 그것이 무엇이든 간에 흑룡참마도의 도풍을 뚫지는 못할 것이라고 확신했다.

도풍이란 특정한 구결에 따라서 심후한 공력으로 도를 휘둘러 바람을 일으키는 수법이다.

그러므로 예리하기가 도신이나 다름없으며 공력이 높으면 벽을 형성할 수도 있다.

지금 그녀가 전개하고 있는 부챗살 같은 벽을 가리키는 것이며, 그것을 도풍벽(刀風壁)이라고 한다.

그래서 그녀는 먹빛 기류가 도풍벽을 뚫지 못할 것이라고
판단한 것이다.

푸악!

그런데 그녀가 그런 생각을 하자마자 먹빛 기류가 도풍을
너무도 간단하게 뚫었다.

쩍!

"아악!

그리고 먹빛 기류가 가슴 한복판에 고스란히 적중되자 그
녀는 찢어지는 듯한 비명을 지르며 가랑잎처럼 허공으로 날
려 가버렸다.

쿵! 투다탁!

그녀는 오 장여나 날려가서 땅에 떨어졌다가 데굴데굴 삼
장여 더 구른 다음에야 겨우 멈췄다.

그녀는 두 눈을 부릅떴고, 입을 반쯤 벌렸으며, 목 아래에
서 복부에 이르기까지 몸을 덮은 옷이 사라진 상태에 살이 흙
빛으로 변해 있었다.

입에서는 꾸역꾸역 핏물이 흘러나오는데 아무런 움직임도
없다. 즉사한 것 같았다.

방금 전 용비의 오른 주먹에서 발출된 것은 사공 중에 주작
공기(朱雀功氣)였다.

얼핏 보면 청룡공기와 비슷한데 가장 다른 점은 청룡공기

는 목표물을 관통하는 데 비해 주작공기는 부숴 버리는 특성
이 있다.

“비야!”

수진랑은 우뚝 서 있는 용비를 향해 다급히 달려가며 외쳤
다. 그녀의 눈에는 용비의 왼쪽 어깨에서 피가 철철 흐르는
것만 보였다.

한정과 현도 등은 전각 안에서 초조하게 기다리고 있다가
방금 전에 반아미가 터뜨린 처절한 비명과 수진랑의 외침을
연달아 듣고 우르르 밖으로 달려나왔다.

그들은 용비가 어깨에서 피를 흘리는 것을 발견하고 기겁
하며 몰려들었다.

“대가!”

“비야!”

저만치 마당 귀퉁이에 하늘을 향해 사지를 벌린 채 널브러
져 있는 반아미에게는 아무도 눈길을 주지 않았다.

그때 용비가 친구들을 밀치면서 반아미에게 달려갔다.

“비켜라.”

만약 반아미가 죽었다면 신룡경천도법을 얻는 것은 물거
품이 되고 말기 때문이다.

*   *   *

천추문 문주 일족이 거주하는 중경 어느 전각 안에는 무거운 긴장감과 침묵이 감돌고 있다.

그곳은 사방이 밀폐된 한 칸의 지하 석실이었다. 석실 한가운데는 바닥에서 두 자 높이의 석대가 있고 그 위에 한 구의 시체가 반듯한 자세로 눕혀져 있다.

또한 시체 옆에는 둥글고 푸른색의 패(牌) 하나와 돈주머니, 한 쌍의 무기 따위와 소지품이 놓여 있었다.

석대 주위에는 천추문주인 한성림과 소문주 한무군, 그리고 한성림의 두 동생, 즉 천추문의 이장로(二長老)가 모여서 매우 심각한 표정으로 침묵을 지킨 채 석대의 시체를 주시하고 있다.

석대 위의 시체는 몹시 참혹한 몰골이었다. 얼굴 정중앙에 주먹 크기의 구멍이 뻥 뚫려 있다. 그 외의 다른 부위는 말짱했다.

그렇다. 그는 건곤풍이며, 한정의 방에서 호신도를 훔치려다가 호신도에서 튀어나온 용비의 청룡공기에 적중되어 즉사하고 말았다.

그날 천추문주는 한정의 방에 왔다가 건곤풍의 시체를 발견했다.

그 당시에는 그가 누군지 몰랐으나 시체가 소지하고 있는 물건들을 살펴보고 나서야 신분을 알게 됐다.

절대십천에는 십 등급의 신분이 있는데, 건곤풍의 품속에서 나온 하나의 패는 칠 등급을 나타내는 절대칠령(絶對七令)이었다.

또한 소지품 중에는 좌우 한 쌍의 수리검이 있는데 무림에서 그런 무기를 사용하는 인물은 건곤풍뿐이다.

시체의 신분을 알게 된 천추문주 한성림 등은 경악을 금치 못했다. 절대십천의 인물이 난데없이 천추문 내에서 죽었기 때문이다.

용비가 갑자기 창을 부수며 방에서 뛰쳐나간 것 때문에 제정신이 아닌 한정을 다독여서 물었으나 그녀는 아무것도 모른다고 했다. 자신이 목욕실에서 나오니까 용비와 시체가 서 있었다는 것이다.

그래서 한성림 등은 일단 용비가 건곤풍을 죽였을 것이라고 잠정적인 결정을 내렸다. 하지만 그것은 어디까지나 말 그대로 잠정적인 결론이다.

천추문 외겸인이었던 용비의 신분이나 그에 대한 여러 가지 정보를 신중하게 고려했을 때, 그가 건곤풍 같은 일류고수 중에서도 상급에 속하는 인물을, 그것도 얼굴에 구멍을 뚫어 즉사시켰다는 사실이 믿어지지 않기 때문이다.

그렇지만 한정의 방에는 용비와 한정, 그리고 건곤풍의 시체뿐이었다. 그러므로 한정이 죽이지 않았으면 용비가 죽인 것이 분명하다.

"음!"

이윽고 한성림이 무거운 신음을 흘리며 침묵을 깨자 모두들 그를 주시했다.

"당분간 이 사실은 우리만 알고 있는 비밀로 하자."

그의 말에 모두 깜짝 놀라는 표정을 지었다. 절대십천의 인물이 죽었다는 사실을 비밀로 하다가 발각되면 천추문 전체가 괴멸할 수도 있는 일이다.

그러나 그들은 곧 그럴 수밖에 없다는 사실을 깨닫고 묵묵히 고개를 끄덕였다.

천추문 내에서 벌어진 일 그대로 절대십천에 보고했다가는 천추문이 의심을 받기 딱 좋은 상황이기 때문이다.

한성림은 여태까지보다 더 진중한 표정으로 말을 이었다.

"그리고 은밀하게 용비를 찾는 한편 건곤풍이 무엇 때문에 항주에, 그리고 본 문에 잠입한 것인지 알아내도록 하라."

한정이 수진랑을 통해서 보내온 서찰을 읽은 한무군은 착잡한 표정으로 말했다.

"용비는 정아와 함께 있을 겁니다. 그 문제는 어떻게 할 생각이십니까?"

"정아의 의견에 따를 것이다."

딸 한정을 존중하고 또 자신이 딸을 잘못 가르치지 않았다
고 믿기 때문에 그녀가 무슨 결정을 내리든지 그것이 정도(正
道)라 여기고 따르겠다는 뜻이다.

*　　　*　　　*

비무를 마친 용비 일행은 화봉각 내 결우당으로 돌아왔다.
용비와의 비무에서 패한 반아미는 죽지 않았다. 하지만 죽
은 것이나 다름없는 중상을 입고 사경을 헤매는 상태였다.
용비는 비무를 치렀던 무도관에서 반아미에게 즉시 삼원
심공기를 주입하여 그녀가 죽는 것을 방지한 후에 그녀를 데
리고 결우당으로 돌아온 것이다.
반아미는 방이 두 개인 낙혼과 요조의 거처 결우당 이층 침
실에 눕혀놓은 상태에서 용비가 틈틈이 드나들며 치료를 해
주고 있다.
그의 의술도 놀라운 실력이지만 삼원심공기는 개세(蓋世)
라고 할 만큼 굉장한 것이었다.
지금까지 용비가 경험한 바에 의하면, 사람이 죽지 않고 숨
만 붙어 있는 상태라면 삼원심공기를 주입하여 살려낼 수 있
을 것 같았다.
반아미도 예외는 아니었다. 용비가 반아미의 상처에 자신

이 제조한 금창약을 바르는 한편 삼원심공기를 주입했더니 이틀쯤 지나서 상태가 많이 호전되었다.

만약 용비의 공력이 지금보다 훨씬 증진된다면 삼원심공기로 치료하는 것도 월등해질 것이 분명하다.

반아미는 사흘째 한밤중에 잠에서 깨어났으나 손가락 하나 까딱하지 못하는 상태였다.

혈도가 제압된 것이 아니라 아직 움직일 정도로 좋아진 상태가 아니었기 때문이다.

어두운 실내에는 침상에 누워 있는 그녀 혼자뿐이었다. 제일 먼저 본능적으로 공력을 일으키려고 해봤으나 온몸이 조각날 것처럼 고통스러워서 그만두었다.

여기가 어딘지, 지금 어떤 상황인지, 지금이 언제인지 도무지 짐작조차 할 수가 없다.

하지만 짐작할 수 있는 것이 몇 가지 있다. 자신이 만능서생과의 비무에서 명백하게 패했다는 것, 그리고 아직까지 살아 있다는 것, 또한 이곳이 만능서생의 거처일 것이라는 등의 추측이다.

만약 그 추측이 사실이라면 그녀는 만능서생의 종이 되어야 할 것이다.

그런데 이상하게도 억울하다든지 절망적인 기분이 조금도 들지 않았다.

그것은 정말 이상한 기분이지만 왜 그런지 이유를 그녀는 알고 있다.

완패를 당했기 때문이다. 뭐라고 어줍지 않은 변명 한마디도 내뱉을 수 없을 정도로 완벽하게 만능서생에게 패한 탓에 종이 되는 것마저도 수치스럽지 않았다.

그녀의 관점에서 봤을 때 강자가 약자 위에 군림하는 것은 너무도 당연하다. 또한 강자가 약자를 종으로 거두는 것은 더 당연한 일이다.

그러므로 반아미 자신이 이겨서 만능서생을 종으로 거두는 것이나, 자신이 패해서 만능서생의 종이 되는 것이나 정당한 내기 비무의 결과다.

그녀는 한동안 이것저것 생각하다가 갑자기 어지러워 옴을 느끼면서 다시 정신을 잃었다.

결우당 삼층에서 한정이 용비를 치료해 주고 있다.

창가 탁자 앞에 상체를 벗은 모습으로 꼿꼿하게 앉아 있는 용비의 왼쪽 어깨 상처에 한정이 조심스럽게 금창약을 발라 주고 있는 것이다.

비무 때 반아미의 도풍에 다친 상처다. 왼쪽 어깨 바깥 부위가 거의 도려 나갈 정도로 깊은 상처였다. 하지만 불과 사흘 만에 딱지가 생길 정도로 거의 아물었다. 물론 용비가 삼원심공기를 일으켜서 치료한 덕분이다.

한정은 용비의 상처가 하루가 다르게 빨리 아무는 것을 보면서 연신 감탄을 금치 못했다.

그녀는 그토록 깊었던 상처가 어째서 이토록 빨리 아무는 것인지 신기하게 여겼다.

하지만 그것은 용비이기에 가능하다고 믿었다. 천목산에서 그녀가 부상을 입었을 때에도 용비가 치료를 하고 나서 며칠 지나자 곧 아물었기 때문이다.

용비의 벗은 상체는 약간 마른 듯하면서도 근육질로 잘 발달되었다.

하지만 한정은 근육질 몸보다는 그의 상체 곳곳에 크고 작은 흉터가 빼곡하게 새겨져 있는 것을 보고 몹시 가슴이 아팠다.

그에게 왜 그런지 물어보지는 않았지만, 밑바닥 그의 삶이 그토록 힘겨웠다는 사실을 온몸에 새겨진 흉터들이 증명하고 있는 것 같았기 때문이다.

한정은 무조건 용비를 따르겠다고 천명한 이후 결우당 삼층에서 그와 함께 묵고 있다.

협소한 결우당 내에는 그녀가 따로 거처할 적당한 장소가 없기 때문이다.

일, 이, 삼층 중에서 삼층이 가장 작지만 한정이 용비를 놔두고 다른 사람하고 함께 생활할 리가 만무하다.

삼층에는 비록 방이 하나뿐이지만 꽤 넓어서 침실과 휴게실, 서재의 기능이 고루 갖추어져 있다.

용비는 한정에 대해서 거의 신경을 쓰지 않고 있지만, 자상한 현도가 나서서 삼층 서재가 있는 곳에 공간을 만들어 침상 하나를 들여놔 주어서 그녀는 그곳에서 자고 있다.

용비는 삼층에 그녀가 없는 것처럼 지내고 있다. 무시도 하지 않지만 그렇다고 동거인으로서 대접하지도 않는다. 하지만 한정은 언제나 그림자처럼 용비를 보필하고 있다.

그때 문득 창밖의 아래쪽을 내려다보고 있던 용비의 눈에 뭔가 뜨였다.

결우당으로 연결된 운교 위를 두 사람이 걸어오고 있는데 화봉 옥연과 총기주가 분명했다.

용비의 시력이 몰라보게 좋아져서 캄캄한 밤이라고 해도 이십여 장 거리의 사물을 정확하게 구분할 수가 있을 정도다.

옥연이 이곳에 온다는 것은 결우당에 볼일이 있는 것이 분명하다. 한밤중에 볼일이라니, 옥연이라면 별로 이상한 일도 아니다.

"이곳에 있으시오."

용비는 상의를 입고 방을 나가면서 한정에게 말했다.

"네."

한정은 서운한 표정도 짓지 않고 공손히 고개를 숙이면서 대답했다.

옥연이 이곳에 한정이 있다는 사실을 알고 있을지도 모르지만 일부러 내보일 필요는 없다.

결우당은 동서남북에 꽤 큰 창이 있다. 용비는 답답한 것을 싫어해서 창을 활짝 열어놓을 때가 많다. 그럴 때 다른 전각에서 결우당 안을 들여다볼 수가 있을 것이다.

아니면 막막이 이곳의 정보를 옥연에게 흘릴 수도 있다. 그녀는 결우당에서 유일한 외부인이다.

그렇더라도 막막을 쫓아낼 생각은 없다. 그녀가 그런 짓을 한다면 자신의 소임을 다하는 것뿐이다.

그리고 결우당에는 옥연에게까지 비밀로 할 만한 일이 아직 생기지 않았다.

만약 그런 일이 생긴다면 그때 가서 적당한 조치를 취하면 될 것이다.

한정이나 수진랑, 소선개가 결우당의 새 식구가 됐다는 사실을 설사 옥연이 안다고 해서 그것을 떠벌리고 다닐 그녀가 아니다. 그러므로 염려할 일은 아니다.

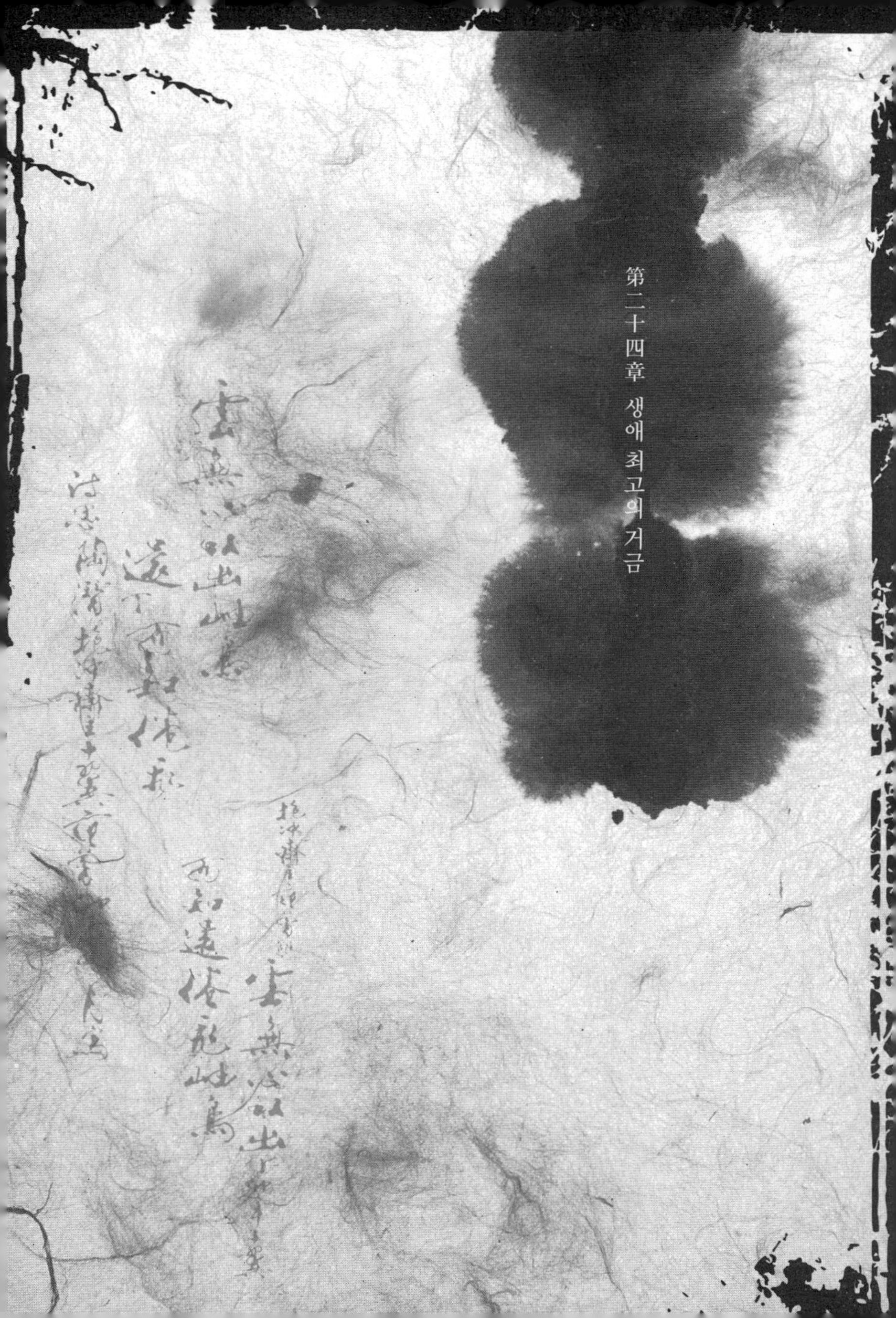

第二十四章 생애 최고의 거금

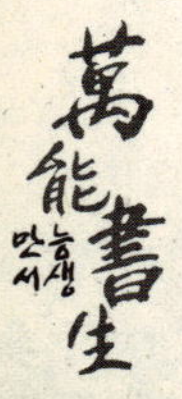

쿵!

결우당 일층. 옥연은 총기주가 들고 온 묵직한 은빛 상자를 탁자에 올려놓고 뚜껑을 열게 했다.

상자 안에는 은전, 즉 은자가 가득 들어 있어서 용비를 제외한 결우당 세 친구는 놀라는 표정을 지었다.

옥연은 용비를 슬쩍 쳐다보더니 그가 전혀 놀라지 않자 입술을 비쭉 내밀었다. 마음에 들지 않을 때 하는 그녀의 버릇이다.

그녀는 막막이 공손히 바치는 찻잔을 집어 한 모금 마신 후에 예의 싸늘하면서도 여유 있는, 그러면서도 요염한 미소를 입가에 머금었다.

"첫 임무를 성공시켰군요. 수고했어요."

흑룡가인 반아미를 제압해서 결우당에 데려다 놓았다는 사실을 옥연이 알고 있다는 뜻이다.

그러나 반아미를 제압했을 뿐이지 아직 신룡경천도법을 얻은 것은·아니다.

혹시 용비가 반아미를 종으로 삼았다는 사실까지 옥연이 알고 있다면 신룡경천도법을 얻은 것이나 다름없다고 생각할 수도 있다.

하지만 그녀가 그것을 어떻게 알았는지는 그다지 중요한 일이 아니다.

그녀가 결우당이나 용비 등의 일거수일투족을 감시하지 않을 것이라고는 생각하지 않았으니까 말이다.

누군가 결우당이나 용비 등을 감시하는 것을 발견한 적은 없지만, 그런 일이 발생하면 기분은 나쁠 것이다.

"신룡경천도법을 손에 넣기 위해서 은자 백만 냥까지 경비로 사용해도 좋다고 말했는데, 오늘 회계에 알아보니까 오백 냥밖에 쓰지 않았더군요."

결우당이 사용한 은자 오백 냥은 무도관을 빌리고 강사그물이나 미혼향, 미혼약 따위를 구입한 비용이었다.

옥연은 탁자 위에 올려놓은 상자의 은자를 갸름한 턱으로 가리켰다.

"그래서 절약된 백만 냥의 일 할 십만 냥을 포상금 조로 갖고 왔어요. 성의니까 받아주세요."

현도와 낙혼, 요조의 얼굴이 기쁨으로 물들어 번뜩였다. 졸지에 은자 십만 냥이 거저 생기다니, 그들로선 죽을 때까지도 한번 만져보지 못할 거금이다.

그러나 용비는 조용히 중얼거렸다.

"아직 성공한 것은 아니오."

"성공한 것이나 다름없지 않은가요? 흑룡가인을 당신 종으로 삼았으니까 말이에요."

옥연은 알아도 너무나 자세히 알고 있다. 그래서 문득 용비는 앞으로 조심해야겠다고 생각했다.

"신룡경천도법을 아직 손에 넣지 못했소. 어쩌면 흑룡가인에게서 그것을 얻어내는 과정에 은자 백만 냥을 다 사용하게 될지도 모르오."

옥연의 눈이 조금 커지며 약간 어이없다는, 그러면서도 재미있다는 표정을 지었다.

천하에서 신룡경천도법을 알고 있는 두 사람 중 한 명인 반아미를 용비가 종으로 삼았다면 얘긴 이미 끝난 것이다. 그런데도 용비는 종에게서 신룡경천도법을 알아내는 데 은자 백만 냥이 다 들지도 모른다고 무지막지한 억지를 부리고 있다.

"그렇군요. 내가 조금 성급했어요."

그런데 옥연은 용비의 억지를 받아들였다. 그가 종인 반아미에게 은자 백만 냥을 주면서 신룡경천도법을 말해달라고 해도 옥연으로선 할 말이 없다.

용비는 방금 전까지만 해도 이번 일은 끝난 것이나 다름없다고 생각했다.

그런데 옥연이 거금 십만 냥을 포상금으로 선뜻 내놓는 것을 보고 생각이 조금 달라졌다.

옥연에게는 신룡경천도법이 은자 백만 냥, 아니, 그 이상의 가치가 있다는 뜻이다.

또한 그녀에게는 은자 백만 냥 정도는 큰돈이 아니라는 뜻이기도 했다.

그렇다면 그것을 결우당이 가져도 될 것이라고 생각했다. 그래서 슬쩍 미끼를 던진 것이다. 영리한 옥연이 용비의 말뜻을 알아듣지 못할 리가 없다.

옥연은 희고 매끈한 손가락 세 개를 펼쳐 보였다.

"삼십만 냥. 어때요?"

그러면서 조금도 아까운 표정을 짓지 않았으며 오히려 재미있다는 듯 미소를 짓고 있다.

용비가 은자 백만 냥을 다 사용하게 될지도 모른다는 말뜻을 알아들은 것이다.

즉, 무려 백만 냥을 아껴줬는데 포상금으로 일 할 십만 냥은 너무 적다는 뜻이다.

현도와 낙혼, 요조는 손에 땀을 쥐고 사태의 추이를 지켜보고 있다.

포상금으로 은자 십만 냥을 받는 것만으로도 기절초풍할 일인데, 용비의 몇 마디 말에 갑자기 무려 세 배나 되는 삼십만 냥으로 뛰어버렸으니, 세 친구로서는 조마조마해서 피가 마를 것만 같았다.

"백만 냥보다는 적군."

"좋아요. 반반씩 하죠."

"육십만 냥."

옥연의 미소가 조금 짙어졌다. 용비가 육십만 냥을 요구하는 이유를 알고 있기 때문이다.

즉, 결우당이 여섯 명으로 구성됐으니까 육십만 냥을 받아서 한 사람당 십만 냥씩 분배하겠다는 뜻이다.

"좋아요."

"얘기 끝났소."

옥연은 찻잔을 쓰다듬었다.

"고맙다는 말은 하지 않나요?"

"경비에서 사십만 냥이나 남겨주었으니 그대가 해야 할 말

같은데?"

옥연은 '아!' 하는 표정을 지었다가 고개를 끄덕였다.

"그렇군요. 고마워요."

그녀의 시선은 맞은편에 앉은 용비를 보면서도 옆에 서 있는 총기주에게 명령했다.

"들었죠?"

총기주는 공손히 고개를 숙였다.

"내일 아침에 은자 육십만 냥을 결우당에 보내겠습니다."

세 친구는 지금 자신들이 꿈을 꾸고 있는지 생시인지 비몽사몽 중이라서 총기주가 '결우당' 이라고 말한 것을 듣지 못했다.

하지만 침착한 용비는 그 말을 듣고 옥연이 자신들을 감시하고 있는 것이 분명하며, 필경 막막이 첩자일 것이라고 확신했다.

그렇다면 그녀는 사우당에 한정과 수진랑, 그리고 소선개까지 합세하게 되어 이름을 결우당으로 바꿨다는 사실까지 모두 알고 있다는 의미다.

흑룡가인 반아미는 두 번째로 정신을 차렸다.

하지만 여전히 움직일 수 없는 상황이며 이번에는 눈조차 뜨지 못했다. 단지 의식만 깨어난 상태다.

“……!”

그런데 그 순간 그녀는 누군가 자신의 몸을 만지고 있다는 사실을 깨달았다.

커다란 손바닥이 그녀의 배를 천천히 쓰다듬고 있다. 혼절에서 이제 막 깨어나고 있는 중인데도 섬뜩했고 소름이 쫙 끼쳤다.

그녀는 누군가 자신이 혼절한 틈을 타서 욕보이고 있는 것이 분명하다고 생각했다.

눈을 감고 있어도, 그리고 아직 정신이 온전하지 않다고 해도 그 정도는 능히 알 수가 있다.

반아미는 지금이 어떤 상황인지 이해하려고 애썼으나 아무리 궁리를 해도 요령부득이다. 그러는 중에도 낯선 손이 그녀의 배를 누르듯이 지긋하게 쓰다듬으며 점점 아래로 내려가고 있다.

자신은 중상을 당해서 만능서생의 거처 어딘가에 눕혀져 있을 것이라고 생각했다.

그런데 대체 누가 중상 입은 자신을 욕보이고 있다는 말인가. 설마 만능서생이 그런 짓을 용납했다는 말인가.

아니, 이 손바닥의 주인은 어쩌면 만능서생일지도 모른다. 그가 승자로서 전리품을 음미하고 있는 것일 수도 있다. 그럴 가능성이 컸다.

그가 자신의 종이 된 여자를 다른 사람에게 욕보이라고 시켰을 가능성은 희박하다.

만약 이 손의 주인이 만능서생이라면 어떻게 할 것인가. 그녀는 비무에서 패했고 그의 종이 될 운명이다.

종의 목숨은 주인의 말 한마디에 붙었다 떨어질 수 있다. 그러므로 주인이 종을 능욕하는 것쯤은 대수롭지 않은 일이다. 주인에게는 그럴 권리가 있고 종은 받아들여야 할 의무가 있다.

그렇게 상황 정리를 했지만 반아미는 마음이 크게 흔들리고 또 당황하는 것을 어쩌지 못했다.

자신이 비록 비무에서 패한 것과 만능서생의 종이 되는 것을 인정한다고 해도 막상 이런 상황이 닥치니까 갈피를 잡을 수가 없다.

더구나 자신은 중상을 입은 몸이 아닌가. 그런데도 만능서생이 이런 음탕한 짓을 하다니, 그에 대해서 잘못 생각한 것 같은 생각이 들었다.

“아······.”

그때 움찔 놀란 반아미가 나직한 신음을 토해냈다. 자기 입에서 신음 소리가 흘러나올 줄은 그녀도 예상하지 못했던 일이라서 바짝 긴장했다.

하지만 배를 쓰다듬던 손이 느닷없이 단전 쪽으로 스르르 미끄러져 내려갔기 때문에 놀란 나머지 신음 소리를 토해낸 것이다.

뚝.

손이 단전에서 멈추었다.

"깨어났소?"

반아미는 눈을 뜨려고 애썼으나 바르르 떨리기만 할 뿐 뜻대로 되지 않았다.

그때 단전을 덮고 있는 커다란 손바닥으로부터 부드러운 한 줄기 진기가 주입되었다. 삼원심공기다.

그러자 반아미는 온몸과 정신이 상쾌하고 편안해지면서 저절로 눈이 떠졌다.

그녀가 제일 먼저 발견한 것은 역시 예상했던 대로 만능서생 용비의 얼굴이었다.

그런데 그의 얼굴에 뜻밖에도 처음 봤을 때와 다름없이 소름 끼치는 표정이 떠올라 있었다. 물론 그것은 용비의 평소 표정이다. 그것을 소름 끼치게 보든 말든 그것은 보는 사람의 몫이다.

그런데 만약 그가 반아미를 욕보이고 있다면 음흉하거나 욕정 어린 표정이어야 하는데 그게 아니다.

슥.

용비의 손이 다시 움직여서 그녀의 단전을 손바닥으로 부드럽게 쓰다듬기 시작했다.

그녀는 자신의 단전을 보려고 눈동자를 한껏 아래로 했으나 똑바로 누워 있는 자세라서 보이지 않았다. 그렇기 때문에 그가 무엇을 하는 것인지 더 궁금했다.

용비는 그녀를 힐끗 쳐다보더니 다른 손으로 그녀의 뒷머리를 잡아 부드럽게 약간 일으켜서 비스듬한 자세를 만들어 주었다.

“……!”

반아미는 자신의 몸 앞면을 발견하는 순간 눈을 동그랗게 뜨며 크게 놀랐다.

자신이 실오라기 한 올 걸치지 않은 알몸이라서가 아니다. 원래 잡티 하나 없이 백옥처럼 희고 뽀얗던 살결이 지금은 거무튀튀한 흑회색으로 변해 있었기 때문이다.

순간 그녀는 자신이 만능서생과의 비무 때 먹빛 기류에 최후의 일격을 당했다는 사실을 기억해 냈다. 그것은 엄청난 충격파였다.

‘그게 내 몸을……’

분명했다. 그녀는 먹빛 기류에 적중되는 순간 혼절했으며 그것이 적중된 부위가 이렇게 변해 버린 것이다.

스슥.

그런데 그녀는 또 한 가지를 발견했다. 용비의 손바닥이 그녀의 단전을 부드럽게 쓰다듬으면서 약을 바르고 있는 것이 아닌가.

그러고 보니까 그녀의 배와 옆구리 부위에 번들번들하게 백색의 투명한 약이 두텁게 발라져 있다.

그렇다. 만능서생은 그녀를 능욕하는 것이 아니라 오히려 그 반대로 치료를 해주고 있었던 것이다.

'아…….'

그리고 또 다른 사실이 생각났다. 만능서생의 먹빛 기류에 적중되는 순간 그녀는 빠르게 꺼져가는 정신으로 자신이 죽을 것이라고 생각했었다. 그 정도로 그 당시 먹빛 기류의 충격은 강력했다.

그런데 지금 그녀는 분명히 살아서 숨을 쉬고 있다. 몸을 움직일 수는 없지만 머리는 상쾌하고 고통 같은 것도 느끼지 못하고 있다.

죽는 게 당연할 정도로 중상을 입은 그녀가 이렇게 살아 있는 이유는 오래 생각할 필요가 없다.

만능서생이 그녀를 치료해 준 것이 분명하다. 지금처럼 이렇게 말이다.

그것은 분명히 생명의 은혜다. 만능서생이 발출한 먹빛 기류에 당했다고 해도 그것은 어디까지나 비무였다.

반아미도 비무로 여러 명을 죽인 적이 있다. 그러므로 만능서생에게 죽임을 당했더라도 정당한 것이다. 그의 잘못이 아니다.

비무에 패함으로써 그녀는 자연히 만능서생의 종이 됐다. 그런데 누구에게 맡기지도 않고 주인이 종을 손수 치료해 주고 있는 것이다.

지금 반아미는 뭐라고 형언하기 어려운 복잡한 심정이었다. 평소 그녀가 신봉하는 지론이 약육강식이고 적자생존이라고는 하지만, 자신이 타인의 종이 됐다는 생각이 들자 비참한 기분에 빠져들었다.

그래서 차라리 먹빛 기류에 적중되었을 때 죽어버리지 어째서 다시 살아나서 이렇게 비참한 기분이 드는 것인가 운명이 원망스럽기도 했다.

그러나 그런 기분은 잠시뿐이었다. 그녀는 그처럼 나약한 성품이 아니다.

설령 종이 됐더라도 부단히 실력을 갈고닦아서 언젠가는 반드시 만능서생을 꺾어 반대로 그를 자신의 종으로 만들 날이 올 것이라고 굳게 믿었다.

그러나 만능서생이 그녀를 치료하고 있다는 사실은 뜻밖이었다.

그가 의술을 알고 있다는 사실도 그렇지만, 평범한 실력이 아닌 것 같아서 조금 놀랐다.

스슥.

용비는 자신이 직접 만든 커다란 통의 금창약을 오른손으로 찍어서 반아미의 단전과 양쪽 골반 부위에 골고루 지그시 누르면서 정성껏 발랐다. 그렇게 해야만 약의 성분이 살 속으로 잘 스며든다.

당장 필요한 몇 가지 약은 수진랑이 결우당에 오는 길에 용비네 집에 들러서 가져다주었다.

그녀는 미령을 위로하러 자주 들르기 때문에 누가 보더라도 이상하게 여기지 않았다.

반아미는 용비의 주작공기에 적중당해서 처음에는 목 아래에서부터 하체의 소중한 부위 바로 위 거웃까지 살이 시커멓게 죽어서 처참한 몰골이었다.

그러나 지난 나흘 동안 용비가 꾸준히 삼원심공기를 주입하고 금창약을 발라준 덕분에 그나마 피부가 흑회색으로 변하면서 회복하는 중이다. 그는 치료를 계속하면 반아미가 완쾌될 뿐만 아니라 원래의 희고 매끄러운 피부를 되찾을 것이라고 확신했다.

슥슥.

용비는 단지 반아미의 상처에 금창약을 바르고 있을 뿐이지만, 그녀는 그의 손이 소중한 부위에 닿는 듯한 느낌을 받으면서 적잖이 당황했다.

반아미가 제아무리 차가운 성격이고 싸움밖에 모르는 여고수지만 그래도 본성은 여자다.

그러므로 그녀가 자신의 눈으로 뻔히 보고 또 느끼고 있는 가운데 용비가 몸을 쓰다듬고 문지르는 것이 아무렇지도 않다면 거짓말이다.

그녀는 얼굴이 조금 붉어지고 숨소리가 약간 가빠지려고 하자 얼른 눈을 감았다.

치료를 받고 있는데 이상한 반응을 하는 것이 그녀는 어이없고 또 부끄러웠다.

그것은 결코 무사의 자세가 아니기 때문에 그런 모습을 용비에게 들킬까 봐 초조했다.

누군가 그녀의 몸에 손을 대는 일, 더구나 은밀한 부위를 만지는 일은 예전에는 결코 없었던 일이지만, 설혹 그렇다고 해도 그녀는 자신이 그런 일에 무척 초연할 줄 알았다. 이런 반응을 보일 줄은 전혀 예상하지 못했다.

용비는 의원으로서의 자세와 마음가짐을 사부 완사로부터 엄격하게 배웠기 때문에 치료를 할 때에는 추호도 사심이나 잡념을 품지 않는다. 지금 그에게 있어서 반아미는 단지 한 사람의 환자일 뿐이다.

그는 반아미가 지켜보고 있는데도 개의치 않고 그녀의 단전에 이어서 가슴과 목 부위에도 금창약을 고루 바른 후에야 치료를 끝냈다.

그는 깨끗한 수건에 손을 닦으면서 중얼거렸다.

"닷새쯤 치료하면 완쾌될 것이오."

"궁금한 게 있어요."

반아미는 눈을 뜨고 그를 쳐다보면서 입을 열었다.

용비가 뭐냐는 듯 쳐다보자 그녀는 움찔 놀라 얼른 눈을 내리깔았다. 그와 눈을 마주칠 수가 없었다.

왜 그런지는 알 수가 없다. 비무에서 패했기 때문이 아닌 것만은 분명했다.

"제가 당한 수법, 그러니까… 그 먹빛 소용돌이 기류가 무엇이었나요?"

"주작공기요."

"주작공기? 장풍인가요?"

반아미는 처음 들어보는 '주작공기' 라는 무공명에 의아한 표정을 지었다.

용비는 고개를 가로저었다.

"나도 모르겠소."

솔직한 대답이지만 반아미는 그가 가르쳐 주기 싫다는 뜻으로 받아들였다.

용비가 일어나서 문 쪽으로 걸어가자 반아미는 그의 등을 보며 조용한 목소리로 말했다.

"완쾌되면 정식으로 만능서생 당신의 종이 되겠어요."

다음날 아침. 결우당 지하 일층.

쿵! 쿠쿵!

탁자에 빙 둘러앉아 있는 결우당 여섯 명 앞에 묵직한 쇠 상자가 하나씩 놓여졌다.

용비와 현도 등은 그것이 뭔지 알고 있으나 한정과 수진랑은 알지 못하기에 의아한 표정을 지었다.

현도가 좋아 죽겠다는 표정을 지으면서 한정과 수진랑에게 열어보라는 손짓을 했다.

"하하하! 열어보십시오."

두 소녀가 쇠 상자를 열자 번쩍이는 은자가 넘칠 듯이 가득 담겨 있다.

총기주는 약속했던 대로 무사들을 시켜서 아침 일찍 은자 육십만 냥을 보내주었다.

그것을 현도가 여섯 개의 쇠 상자에 십만 냥씩 균등하게 분배한 것이다.

한정은 의아한 표정을 지었고, 수진랑은 눈을 크게 뜨고 각자의 앞에 놓인 쇠 상자를 둘러보았다.

나머지 네 개의 쇠 상자에도 은자가 들었을 것이라고 두 소녀는 짐작했다.

　그리고 여섯 명 각자가 쇠 상자를 하나씩 갖고 있다는 것은 골고루 분배했다는 뜻이다.

　그렇더라도 수진랑은 이 엄청난 은자가 무엇인지, 왜 받는 것인지 이해가 되지 않았다.

　"이… 게 뭐야?"

　언제나 침착함을 잃지 않는 그녀지만 워낙 궁핍하게 살아왔기에 이런 거금 앞에서는 평정심을 잃고 용비에게 더듬거리며 물었다.

　"랑이 네 몫이다."

　"그런데 뭐가 이렇게 많아? 게다가 아직 한 달이 지나지 않았으니까 녹봉 받을 때도 멀었잖아."

　결우당이 옥연과 맺은 계약은 한 달 녹봉으로 은자 만 냥이고 매월 천 냥씩 인상해 주는 것이다. 물론 필요조건을 충족시켰을 경우에 한해서다.

　그러므로 이번 달 녹봉을 선불로 받아서 육 등분했다고 해도 천육백 냥 정도이지 이렇게 많지는 않을 것이다.

　"그게 어떻게 된 일인가 하면 말이야."

　현도가 용비 대신 수진랑과 한정 귀에 쏙쏙 들어가게 설명을 해주었다.

　"아아……."

　원래는 화봉 옥연이 준 포상금 은자 십만 냥을 여섯 명이 나누는 것인데, 용비의 재치로 무려 육십만 냥을 받아내서 여섯 명이 한 명당 십만 냥씩 분배했다는 말에 수진랑은 눈을 휘둥그렇게 뜨고 벌린 입을 다물지 못했다. 그리고 한정은 '과연!' 이라는 표정을 감추지 못했다.

사실 수진랑은 이날까지 은자 한 냥도 제 손으로 벌어본 적이 없다.

어린 몸으로 주린 배를 쓸어안고 죽어라 남의 집 일 해줘봐야 돌아오는 것은 기껏 각전 한 닢, 많아야 두 닢 정도가 전부였다.

풍족하게 살아서 돈이 얼마나 귀중한지 알지 못하는 한정은 지금 수진랑의 가슴속에서 요동치고 있는 수만 가지 격동을 이해하지 못한다.

수진랑은 믿지 못하겠다는 표정으로 용비에게 물었다.

"이거… 정말 나 주는 거야?"

"그래."

"아, 정말……."

수진랑은 미간을 잔뜩 좁히고 오만상을 쓰면서 주먹을 힘껏 움켜쥐었다.

용비는 그녀가 매우 기분이 나쁜 것 같아서 물었다.

"왜 그래?"

수진랑은 홱 고개를 돌려 그를 쳐다보면서 핏발이 곤두선

눈으로 목에 핏대를 세웠다.

"행복해서 미치겠다, 정말."

결우당 친구들은 한바탕 흥분과 기쁨의 폭풍이 휩쓸고 지나간 후 탁자 둘레에 묵묵히 앉아 있었다.

용비를 비롯하여 세 친구와 수진랑은 물론 한정조차도 이 정도의 거금을 가져본 적이 없다.

천추문주는 항주에서 손가락에 꼽힐 정도로 대부호지만 그것은 어디까지나 부친이 대부호인 것이고 공식적으로 한정의 재산이란 한 푼도 없다.

물론 부모가 죽으면 전 재산이 그녀와 오빠인 한무군에게 상속되겠지만 지금은 아니다. 무일푼이다.

그렇기 때문에 한정도 이런 거금을 직접 만져보는 것은 난생처음이다.

물론 그녀와 다른 다섯 사람이 자기 앞에 놓인 은자 십만 냥을 대하는 감정은 전혀 다를 수밖에 없다.

"그런데 이걸 어떻게 하지?"

오랜 침묵을 깨고 갑자기 요조가 미간을 잔뜩 찌푸리며 내뱉듯이 중얼거렸다.

그녀의 말에 생각에 잠겨 있던 모두가 고개를 들고 그녀를 쳐다보았다. 모두들 같은 생각, 아니, 고민을 하고 있었던 것이다.

느닷없이 너무 큰돈이 생기는 바람에 어떻게 해야 할지 모르는 것이다.

요조는 갑자기 다들 자기를 주시하자 두 팔을 벌려 보이며 인상을 썼다.

"뭐? 내가 어쨌다고?"

총명한 한정은 용비를 비롯한 모두가 지금까지 보여준 모습을 보고 한 가지 사실을 깨달았다.

이들은 갑작스럽게 너무 큰 거금이 생긴 바람에 그것을 어떻게 해야 할지 주체하지 못하는 것 같았다.

그녀가 보기에 그것은 용비도 마찬가지인 것 같았다. 그는 모든 면에서 못하는 게 없는 것 같지만, 우습게도 많은 돈을 어떻게 처리해야 할지는 모르는 듯했다.

"비야, 이 돈 어떻게 하지?"

요조가 구원을 바라듯 용비를 쳐다보며 울상을 짓자 모두 그를 주시하며 대답해 주기를 기다렸다. 그래도 자신들 중에서 용비가 제일 낫기 때문이다.

하지만 용비라고 무슨 뾰족한 방법이 있을 리가 없다. 그래서 그는 자신처럼 돈을 벌 때마다 전장에 맡기는 것이 좋겠다고 말하려 했다.

그런데 그는 문득 한정이 자신을 바라보면서 온화한 미소를 짓고 있는 것을 발견했다.

그리고 그 미소에서 그녀가 지금의 상황에 대해서 뭔가 할 말이 있는 것 같다는 사실을 짐작했다.

"괜찮은 방법이라도 있소?"

한정은 자기에게 아무리 좋은 방법이 있다고 해도 용비가 묻기 전에는 먼저 말하지 않으려고 했다. 그것이 그림자가 지켜야 할 도리다.

"네."

그녀는 일단 용비에게 공손히 고개를 숙여 보였다.

"말해보시오."

"그럼……."

그녀는 모두를 둘러보면서 차분하게 말문을 열었다.

"씨앗을 곳간에 쌓아두면 어떻게 되죠?"

뜬금없는 질문에 낙혼이 투덜거리듯 대답했다.

"세월이 지나면 썩겠죠."

"그러나 만약 땅에 심고서 잘 가꾼다면 어떻게 되죠?"

"그야 싹이 나서 언젠가는 열매를 맺을 것 아니겠소?"

"그럼 처음에 씨앗이 한 자루였다면 열매를 맺은 후에는 얼마나 될까요?"

낙혼은 고개를 갸웃거렸다.

"글쎄… 모르긴 해도 백 자루는 되지 않겠소?"

“농사에 대해서는 잘 모르지만 아마도 그렇겠지요.”

“그런데 갑자기 왜 씨앗 얘기를 하는 거요?”

그때 현도가 번쩍 떠오르는 것이 있어서 낮게 소리쳤다.

“아! 혹시 투자를 하자는 겁니까?”

돈을 씨앗에 비유했다고 판단한 것이다. 돈을 전장에 보관하는 것은 그냥 썩히는 것이지만 투자를 하면 열매, 즉 수익을 얻을 수 있다고 해석했다.

“그래요.”

현도는 과연 결우당의 모사(謀士)다웠다. 한정의 비유를 듣고 그녀의 의도를 정확하게 짚은 것이다.

모두 귀가 솔깃하고 얼굴에는 호기심이 가득 떠올라 한정을 주시했다.

“씨앗을 뿌려서 수확을 거두는 것과 돈을 투자하는 것은 똑같은 이치예요.”

낙혼이 알은체를 했다.

“그렇다면 은자를 들고 거리에 나가서 마구 뿌리면 되는 것이오?”

씨앗을 밭에 뿌리듯 은자도 거리에 뿌린다는 뜻이다. 낙혼은 무식한 게 병이다.

“죽을래?”

수진랑이 쏘아보자 낙혼은 고개를 푹 숙였다. 하지만 그는 진심으로 말했던 것이다. 그래서 수진랑이 왜 쏘아보는지 이유를 알지 못했다.

한정은 하얀 치아를 살짝 드러내고 눈부신 미소를 지었다.

"예를 들면, 가게를 운영하거나 수익을 올릴 만한 장사를 하는 거예요."

요조가 얼굴을 찌푸렸다.

"그럼 우리더러 가게를 하거나 장사를 하라는 건가요? 우린 결우당을 꾸려나가야 하는데?"

"한 소저 말씀은 그게 아냐. 가게나 장사는 전문가를 고용해서 시키면 된다. 그런 말씀이시죠?"

현도의 말에 한정은 고개를 끄덕였다.

"맞아요. 이왕이면 결우당하고 연관이 있는 장사나 가게를 운영하면 더 좋겠지요."

"결우당하고 연관이 있는 거라니 과연 뭐가 좋을까?"

"아무래도 먹는 장사가 좋지 않겠어?"

"기루."

딱!

"악!"

한정의 말이 끝나자마자 세 친구는 자신들의 의견을 우르르 쏟아냈다.

그러다가 낙혼이 '기루'라고 말하고는 비명을 터뜨리며

머리를 감싸 안았다. 옆에 앉은 요조가 주먹으로 뒤통수를 갈긴 것이다.

수진랑은 한정이 이 얘기를 꺼냈으니까 필경 그녀에게 좋은 생각이 있을 것이라고 생각했다.

"소문주, 생각해 둔 것이 있소?"

한정은 말해도 되느냐는, 허락을 받으려는 듯 옆에 앉은 용비를 바라보았다.

용비가 가볍게 고개를 끄덕이자 그녀는 희고 긴 손가락 하나를 세웠다.

"운송(運送)이 좋을 것 같아요."

"운송이 뭐요? 먹는 거요?"

무식이라는 불치병에 걸린 낙혼이 의아한 표정으로 물었다.

딱!

"멍청이. 그건 마시는 거야."

요조가 또 낙혼의 뒤통수를 갈기며 알은체를 했다.

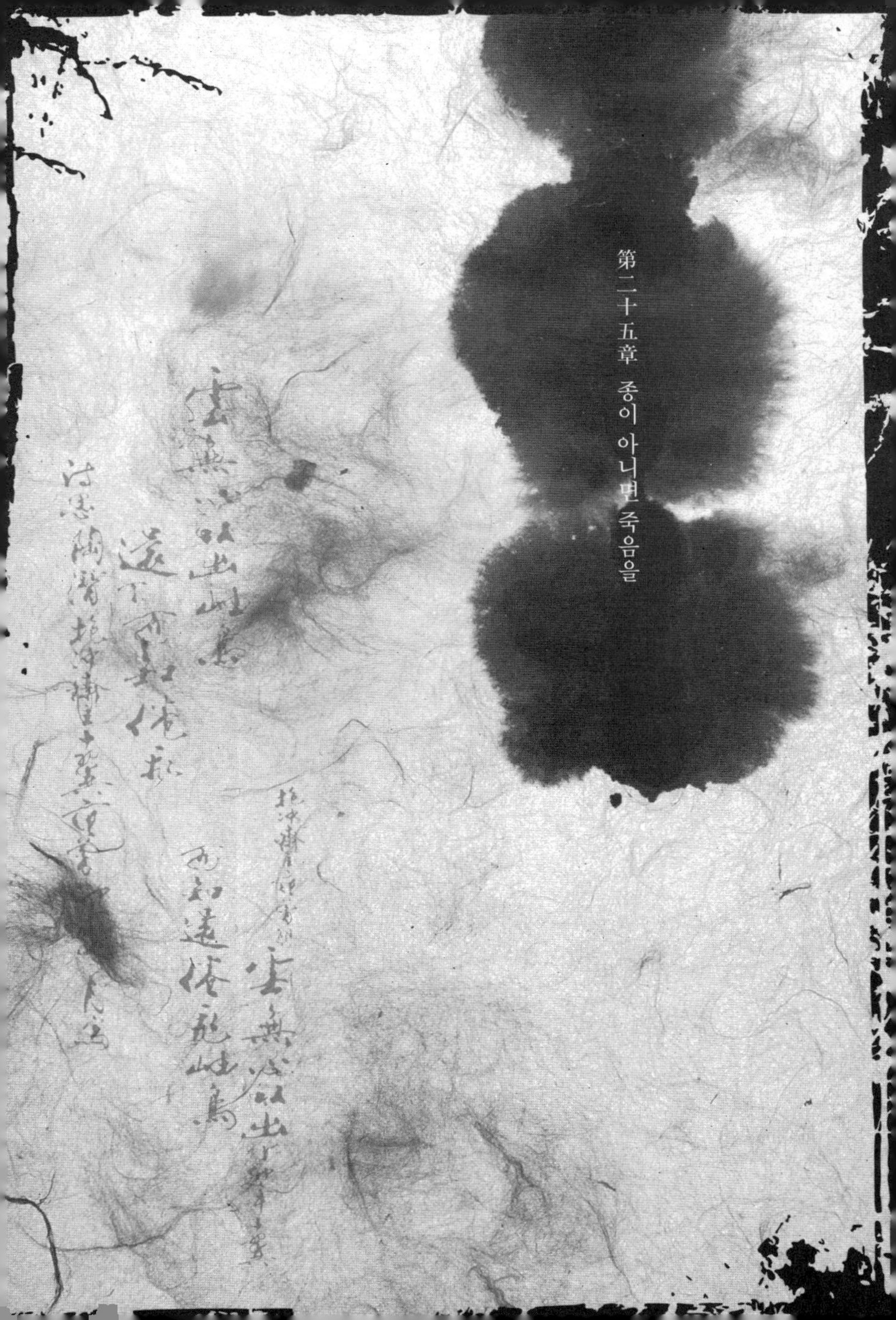
第二十五章 종이 아니면 죽음을

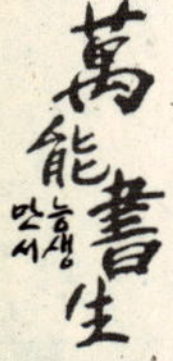

우두두두—

열 필의 준마가 관도를 차지한 채 지축을 뒤흔들면서 질주하고 있다.

준마 위에는 열 명의 고수가 꼿꼿한 자세로 타고 있다.

그들은 오늘 새벽 동이 트기도 전에 산동성 제남 근교 태산(泰山)을 출발했다.

그곳에는 천하제일문(天下第一門)이라 추앙받고 있는 절대십천이 웅크리고 있다.

그렇다. 이들 열 명은 절대십천 십 등급 중에 여섯 번째인 혈풍도대(血風刀隊)에 속한 자들이다.

여섯 번째 등급에는 도합 세 개의 대(隊)가 있으며 혈풍도대는 그중 하나다.

또한 이들은 혈풍도대 백 명 중에 제팔조(第八組)의 열 명으로 한 가지 임무를 띠고 항주로 가고 있는 중이다.

광폭도와 건곤풍의 실종 사건을 조사하는 것이 이들 제팔조의 임무다.

*　　　*　　　*

"지금 이 순간부터 종으로서 주인님을 모시겠어요."

반아미는 무릎을 꿇고 공손히 절하여 이마를 바닥에 붙이고 정중하게 읊조렸다.

그녀 딴에는 최대한 공손하게 예를 갖춘다고 하는데 처음 해보는 것이라서 어설펐다.

그녀 앞에는 조금 전에 반아미의 치료를 끝낸 용비가 우뚝 서 있다.

반아미는 치료가 끝났다는 용비의 말을 듣자마자 침상에서 내려와 그에게 무릎을 꿇고 종이 되겠다고 천명하고 있는 것이다.

반아미는 치료를 받느라 나신인 상태지만, 용비가 치료를 하는 동안 그녀의 나신을 하루에도 몇 번이나 봤고 또 만지기까지 했으므로 그의 앞에서는 나신이 되는 것에 별 거부감이 없었다.

또한 이곳에는 옷이 없으니 용비에게 갖다 달라고 하기도 그렇고, 성미가 급한 그녀는 쇠뿔도 단김에 빼랬다고 생각난 김에 의식을 치르려는 것이다.

용비의 목적은 하나뿐이다. 즉, 그녀에게서 신룡경천도법을 얻어내면 그녀는 쓸모가 없어진다.

"내 말에 복종하겠소?"

"먼저 저를 종으로 받아주세요."

용비는 어떻게 신룡경천도법을 얻어낼 것인지 방법을 생각하면서 뒷짐을 지고 천천히 걸음을 옮겼다.

"그대를 받아들이겠소."

"그렇다면 말씀을 낮추세요."

그녀의 요구는 옳다. 주인이 종에게 존대한다는 것은 웃기는 일이다.

"그러마."

그러면서도 용비는 반아미에게서 신룡경천도법을 얻어낼 방법과 목적을 이룬 후에 그녀를 내칠 방법에 대해서 곰곰이 생각하면서 그녀 주위를 서성거리듯 걸었다.

"무엇이든 하명하시면 목숨을 바쳐서 수행하겠습니다."

반아미는 더욱 고개를 조아렸다. 무엇이든 목숨을 바치겠다니, 그렇다면 신룡경천도법 구결을 가르쳐 달라는 것은 식은 죽 먹기다.

반아미를 힐끗 쳐다보던 용비는 무엇을 발견하고 눈을 조금 크게 뜨며 뚝 걸음을 멈추었다.

지금 그는 무릎을 꿇고 고개를 조아린 채 둔부를 한껏 쳐들고 있는 반아미의 뒤에 서서 쳐다보고 있으니 과연 무엇이 한눈에 들어오겠는가.

탐스럽고 탱탱한 둔부가 활짝 열려 있으며, 그 속에 영근 석류 알이 터지듯 소중한 부위가 적나라하게 노출되어 그의 눈 속으로 파고든 것이다.

"음!"

용비는 급히 외면하고 다시 그녀의 앞쪽으로 걸음을 옮겼으나 짧은 순간에 볼 것은 이미 다 봐버렸다.

여자의 그 부분을, 그것도 소녀의 그곳을 그처럼 자세히 보기는 처음이다.

예전에 한정의 둔부 쪽 허벅지를 치료할 때 보기는 했으나 이처럼 적나라하지는 않았다.

갑자기 그의 헛기침 소리가 뒤쪽에서 나자 본능적으로 반아미의 둔부가 옴찔했다.

순간 그녀는 자신이 매우 민망한 자세를 하고 있다는 사실

을 깨달았으나, 처음으로 종이 되는 의식을 치르는 도중이라
서 어떻게 할 수가 없었다.

그녀에게 잘못이 하나 있다면 치료가 끝났다는 말에 성급
하게 바닥에 내려와서 넙죽 절을 했다는 것이다.

한번 둔부 쪽에 신경이 쓰이자 그 부위에 서늘한 바람이 부
는 것 같아서 견디기가 어려웠다.

엎드린 자세에서 공력으로 둔부의 벌어진 부위를 닫는 재
주를 그녀는 갖고 있지 않았다.

"옷을 입어라."

그때 용비의 목소리가 앞쪽에서 들렸다.

반아미는 조심스럽게 고개를 들었다. 용비가 앞쪽에 뒷모
습을 보인 채 서 있다.

상체를 일으키면서 의아한 표정으로 두리번거리자 저만치
탁자 위에 한 벌의 옷이 개어져 있는 것이 눈에 띄었다. 용비
가 갖다 놓은 것이다.

옷이 있는 줄 진작 알았더라면 옷부터 입고 예를 갖췄을 것
이다.

용비는 단도직입적으로 반아미에게 물었다.

"신룡경천도법을 아느냐?"

의자에 앉아 있는 용비의 앞쪽에 공손히 서 있는 반아미는

대답했다.

"배웠으나 숙달시키지는 못했어요."

그러면서 만약 신룡경천도법을 칠성 이상만 터득했더라도 용비에게 그처럼 허무하게 패하는 일은 없었을 것이라고 생각했다. 신룡경천도법은 신룡보 최고 무공이기 때문이다.

"구결을 적어다오."

느닷없는 요구에 반아미는 흠칫했다. 그러나 곧 고개를 숙였다.

"말씀 받들겠어요."

용비가 무엇 때문에 신룡경천도법을 원하는지 궁금했으나 종으로서 주인에게 질문이나 항명은 금물이다. 목숨까지 바치겠다고 맹세했는데 무공 구결 하나 적어주는 것쯤이야 대수롭지 않았다.

반아미는 한 시진 만에 신룡경천도법을 책자로 만들어서 용비에게 갖고 왔다.

용비는 그것을 한차례 처음부터 끝까지 훑어보았다. 반아미가 제대로 썼는지 확인하기 위해서다.

그는 천추문에서 수많은 무공서를 해독해 봤기 때문에 이제는 어떤 무공서라도 한 번 보기만 하면 진위를 가릴 수 있는 능력을 갖고 있다.

또한 얼마나 고강한 무공인지 삼류 무공인지도 단번에 간파할 수 있다.

그는 반아미가 적어준 신룡경천도법의 무공서, 즉 신룡경천도록이 진짜인 것으로 판단하고 그것을 한정에게 주어 한 권 더 똑같이 필사(筆寫)하도록 했다.

이후 막막에게 총기주를 불러오라고 시켜서 그에게 신룡경천도록을 건네주었다.

총기주는 한 시진 후에 결우당에 다시 와서 용비를 찾더니 옥연이 결우당 모두에게 한턱 크게 술을 대접하겠다는 말을 전했다. 연회를 베풀어주겠다는 것이다.

그러나 용비는 일언지하에 거절했다. 총기주가 몇 차례 더 정중하게 초대했으나 용비는 꿈쩍도 하지 않았다.

"도대체 이유가 무엇이오?"

용비의 대답은 간단했다.

"나는 기녀하고는 술을 마시지 않소."

화봉 옥연의 거처인 화봉각 내 천봉루(天鳳樓).

"뭐시라?"

옥연은 총기주의 보고를 받고는 발끈했다.

"기녀하고는 술을 마시지 않는다고?"

총기주는 용비의 말을 곧이곧대로 옥연에게 전한 것이 자신의 잘못인 양 고개를 들지 못했다.

옥연이 제아무리 돈을 많이 벌고 또 항주제일루 화봉각의 각주라고 해도 여자다.

여자가 수염이 나지 않는 이유 중 하나가 인내심이 부족하기 때문이고, 또 하나의 이유는 화를 잘 내기 때문이다. 즉, 감정 조절이 잘되지 않는다.

옥연은 총기주와 하녀들 앞에서 자신이 화를 냈다는 사실을 깨닫고 곧 평정심을 되찾았다. 하지만 속눈썹이 가늘게 떨리는 것까지는 어쩌지 못했다.

"감히 내 초대를 거절해? 건방진 놈."

그녀는 대수로운 일이 아니라는 듯한 표정을 지었다.

총기주는 옥연이 분노를 갈무리했지만 여전히 속이 편치 않다는 것을 감지했다.

"자신의 모친이 과거 기녀였기 때문에 그럴 것입니다. 이해하십시오, 각주."

"그런가?"

그렇게 이해를 하려는 데에도 여전히 분이 풀리지 않았다.

"놈은 하찮은 시정잡배일 뿐입니다. 승냥이에게는 썩은 고기가 어울립니다. 연회라니 당치도 않습니다."

"흥! 흑룡가인 반아미를 삼 초식 만에 죽음 직전까지 이르게 만든 자가 시정잡배라는 것이냐?"

"그것은……."

총기주는 움찔하며 말문이 막혔다.

그가 방금 용비를 시정잡배니 승냥이라고 비하한 것은 옥연의 분노를 누그러뜨리기 위한 임시방편이지 정말 용비를 그렇게 생각하지는 않는다.

"솔직하게 말해봐라. 용비가 정말 시정잡배고 승냥이냐?"

옥연은 더 이상 분노도 하지 않고 그렇다고 웃지도 않는 얼굴로 물었다.

"아닙니다."

총기주는 씁쓸한 표정을 지었다.

"그럼 그자는 무엇이냐?"

옥연의 진지한 물음에 총기주는 자세를 바로 했다. 지금은 진실을 말할 때다.

"그는 탁월한 문무를 겸비했으며 삼년불비(三年不飛)의 독수리입니다."

옥연은 나직한 탄성을 터뜨렸다.

"호오, 너로서는 그야말로 대단한 칭찬이로군. 삼년불비라는 것이냐? 창공으로 날아오르기 위해서 잔뜩 웅크리고 있는 독수리라는 말이지?"

사람을 칭찬하는 것에 몹시 인색한 총기주는 고개를 끄덕이며 인정했다.

"그렇습니다."

그러나 옥연은 고개를 가로저었다.

"틀렸다. 용비는 독수리 따위가 아니다."

"하오면……."

"그는 잠룡(潛龍)이다."

"잠룡?"

"그래, 잠룡. 하늘로 승천하기 위해서 깊은 물속에 숨어서 힘을 키우고 있는 잠룡이지."

총기주는 옥연이 지나치게 용비를 과대평가한다고 생각했으나 이의를 달지는 않았다. 독수리든 잠룡이든 보는 관점에 따라서 다를 뿐이다.

비로소 옥연의 입가에 예의 요염하면서도 느긋한 미소가 돌아왔다.

자신이 용비를, 아니, 잠룡을 어떻게 이용할 것인지에 대해서 생각하니까 저절로 미소가 떠올랐다.

"이곳은 연못이다. 잠룡이 놀고 있는 연못이지. 그리고 내가 바로 연못 주인이다. 무슨 말인지 아느냐?"

총기주는 고개를 깊이 숙였다.

"알겠습니다."

옥연의 얼굴에 득의함이 잔잔하게 퍼졌다.

"용비가 천추문 외겸인 명귀로 불리면서 그곳 제자들 무공

서를 해독해 주기 시작한 것이 너는 몇 살 때부터였다고 생각
하느냐?”

“그것은…….”

“십육 세 때부터다.”

“십육 세…….”

총기주는 적잖이 놀라는 표정을 지었다. 그러면서 과연 나
는 십육 세 때 무엇을 했는지 기억을 더듬어보았으나 잘 기억
나지 않았다.

하지만 십육 세 때의 자신이 난해한 무공서를 해독해 주는
천재성을 발휘하지 못했던 것만은 분명했다.

“현재 항주 성내에는 명약이라고 불리는 진귀한 환약을 팔
고 있는 의원이 다섯 군데 있다. 그들에게 명약을 대주고 있
는 사람이 누구지?”

“용비입니다.”

“그가 몇 살 때부터 환약을 의원들에게 팔았느냐?”

“거기까지는…….”

“십오 세다.”

“아…….”

총기주는 말문이 막혔다. 그는 그제야 옥연이 어째서 용비
를 잠룡이라고 치켜세우는지 이해할 수 있을 것 같았다.

용비가 십오 세 때부터 명약을 만들어 성내 의원들에게 팔

았으며, 십육 세 때부터 무공서를 해독했다면, 앞으로 나이가 들수록 더 놀라운 신기(神技)를 발휘할 것이기 때문에 옥연은 그를 잠룡이라고 하는 것이다.

옥연의 입가에 희미하게 머금어져 있던 미소가 더 짙어지고 두 눈에도 웃음이 가득했다.

그래서 그녀는 조금 전에 자신이 화가 났었다는 사실마저도 잊어버린 상태다.

"천추문 소문주가 용비에게 지어준 만능서생이라는 별호는 정말 훌륭해. 그에게 딱 어울려."

그녀는 오늘 밤에는 자축을 해야겠다고 생각했다. 기분이 점점 좋아져서 술이 거나해지고 싶었다.

"천추문 소문주 한정이 어째서 용비에게 매달리는지는 모르겠지만, 그가 그녀에게 큰 은혜를 베푼 것만은 틀림없는 것 같다. 용비는 그런 놈이다."

그녀는 변덕이 심한 성격이지만 중요한 근간을 잊어버리는 우를 범하지는 않는다.

"어쨌든 그는 힘을 더 키워서 장차 천룡이 될 것이고 또한 만능서생이 될 거야. 그리고 나는 천룡에 올라탄 화봉이 될 것이고. 호호호!"

그녀는 고개를 젖히고 마음껏 웃음을 터뜨렸다. 그녀의 꿈은, 아니, 야망은 일개 기루의 주인 따위가 아니다.

사실 총기주는 항주에서 가장 고강하다는 천추문주나 신룡보주하고 일대일로 싸워도 절대 꿀리지 않는 실력을 지니고 있다.

그런데도 그가 옥연 곁을 떠나지 않고, 아니, 못하고 그녀의 수하 노릇을 하고 있는 이유가 있다.

그녀의 야망이 무엇인지 알기 때문이다. 또한 그녀의 진짜 무위(武威)에 대해서도, 그녀가 얼마나 사악할 정도로 영악한지도 잘 알고 있기 때문이다.

"군영(君英)."

옥연은 이따금 총기주의 이름을 부른다.

"하명하십시오."

옥연의 얼굴에서 웃음이 사라졌다.

"내가 용비에 대해서 알아보라고 한 것이 무엇이었느냐?"

"용비가 얼마 전 보름여 동안 사라졌던 일과 그가 천추문 숙객당에서 스승처럼 모셨던 완사라는 자의 행방에 대해서입니다."

"그래서?"

총기주 군영은 죄스러운 표정을 지었다.

"조사하고 있지만 아직 소득이 없습니다. 죄송합니다."

"알아봐야 할 것이 하나 더 있다."

"무엇입니까?"

"용비가 흑룡가인 반아미를 쓰러뜨린 수법이 무엇인지 알 아내라."

"그것은 주작공기라고……."

이들은 결우당 이층에서 용비가 반아미에게 했던 말까지 도 알고 있었다.

"주작공기가 무엇인지 알아내라는 것이다."

"알겠습니다."

옥연의 얼굴이 또 변했다. 이번에는 냉정한 표정이다.

"그를 알지 못하면 그를 이용하지 못한다."

슥.

옥연은 옆에 놓여 있는 한 권의 얇은 책자를 집어 들었다. 책자 표지에는 '신룡경천도록' 이라고 적혀 있었다.

그녀는 책자를 대강 펼럭이면서 중얼거렸다.

"내일부터 연공실에서 이것을 익히겠다. 중요한 일이 아니 면 방해하지 않도록 해라."

"명심하겠습니다."

늦은 밤의 결우당 삼층.

용비는 바닥에 가부좌로 앉아서 벌써 한 시진째 삼원심공 을 운공하는 중이다.

그에게서 멀지 않은 곳 창가의 탁자 앞에 앉은 한정은 고즈

넉이 차를 마시고 있다.

그리고 갈의 경장 차림의 반아미는 한정의 반대쪽, 용비에게서 멀지 않은 곳 바닥에 단정하게 무릎을 꿇고 앉아서 그를 바라보고 있다.

말하자면 용비를 정면에서 봤을 때 한정은 오른쪽에, 반아미는 왼쪽에 있는 것이다. 두 소녀가 용비를 호위하고 있는 듯한 광경이다.

이윽고 용비는 운공을 끝냈다. 하지만 그는 눈을 뜨지 않았고 움직이지도 않았다.

방금 전 삼원심공의 운공을 막 끝내고 심신이 더할 수 없이 상쾌해진 상태에서 그는 무엇인가를 감지했다.

그것은 매우 흐릿한 숨소리였다. 하지만 한정과 반아미의 것이 아닌 것만은 분명했다.

용비에게 두 소녀의 숨소리는 이미 익숙해진 상태다. 지금 그가 감지한 숨소리는 두 소녀의 것보다 훨씬 미약하다. 오죽하면 한정과 반아미조차도 그것을 전혀 감지하지 못하고 있을 정도다. 그렇다는 것은 일부러 호흡을 감추고 있다는 뜻이다.

또한 그것은 누군가 암중에서 용비 등을 감시하고 있다는 뜻이기도 하다.

그렇다면 결우당의 일을 옥연에게 밀고한 사람은 막막이

아니다.

결우당을 감시하는 자는 따로 있다. 지금 지붕 위에서 미약한 숨소리를 내고 있는 자가 감시자다. 필경 그자는 화봉 옥연의 수하일 터이다.

게다가 고수다. 용비가 삼원심공을 운공하여 심신이 최고조의 상태가 되어서야 감지할 정도의 고수인 것이다.

용비는 자리에서 일어나 아무 말도 없이 문을 열고 나갔다. 궁리할 장소가 필요한데 이곳은 적당하지 않았다. 당연히 한정과 반아미는 그의 뒤를 따랐다.

그 방에서 무슨 말을 하거나 행동을 취하면 감시자가 다 보고 들을 것이라고 생각한 것이다.

용비는 결우당 지하는 안전하다고 생각했다. 감시자가 숨을 곳이 없기 때문이다.

그래서 그는 아예 지하 이층으로 내려왔다. 일층보다는 이층이 더 안전할 것이다.

다른 친구들은 깨우지 않았다. 그들을 모두 데리고 내려오면 감시자가 의심할 수도 있기 때문이다.

거기 바닥에 책상다리를 하고 앉아서 그는 곰곰이 깊은 생각에 잠겼다. 감시자가 있는 것이 분명하므로 거기에 대처하기 위해서다.

감시자를 제압하려고 하면 당연히 도망칠 것이다. 물론 잡으려고 들면 잡을 수 있다. 그러나 설혹 잡아서 옥연에게 들이댄다고 해도 좋은 방법은 아니다.

어차피 결우당은 화봉각의 건물을 빌려 쓰고 있는 세입자, 아니, 공짜 손님 처지다.

그러니 손님이 주인을 몰아세우는 것도 그렇고, 감시자를 잡아서 들이대도 옥연이 감시를 그만둘 것 같지는 않다. 오히려 더 조심스럽게 감시할 것이 분명하다. 그녀와 껄끄러운 관계가 되는 것은 바람직한 일이 아니다.

한정은 용비 앞에 마주 보며 단정하게 무릎을 꿇고 앉아 있으며, 반아미는 용비 옆에 우뚝 서 있다.

약 반 각 동안 생각에 골몰하던 용비는 마침내 결론을 내렸다. 그는 화봉각을 떠나기로 마음을 굳혔다. 중이 절이 싫으면 떠나면 그만이다. 옥연의 감시가 싫으면 화봉각을 떠나면 된다고 판단했다.

하지만 어느 곳으로 가야 할지는 정하지 못했다. 한정이 용비 곁에 있기 때문에 천추문이 혈안이 되어 찾고 있으며, 또한 결우당이 항주에 있으면 화봉각의 감시를 벗어나는 일은 수월하지 않을 것이다.

용비는 항주 토박이에 이곳이 활동 무대였기 때문에 손바닥을 보듯이 훤하지만, 결우당의 여러 조건을 충족시켜 주는 곳이 없었다.

항주에 훤하다고는 하지만 그는 줄곧 밑바닥 생활만을 해왔기에 소위 큰물에 대해서는 잘 모른다.

한정은 그가 삼층에서 운공조식을 끝내고 왜 갑자기 지하 이층으로 내려와서 깊은 생각에 잠기는 것인지 궁금했으나 그가 말을 해줄 때까지 아무것도 묻지 않았다.

만약 그가 말해주지 않는다면 그것으로 끝이다. 용비에게 맹종하는 것이 자신의 본분이라고 여기기 때문이다.

"휴우……."

이윽고 용비는 한숨을 내쉬며 고개를 들었다. 완벽하게 은밀한 곳이어서 화봉각이나 천추문 등에 발각되지 않는 곳이 도통 떠올라 주지 않았다.

그때 용비는 자신을 그윽하게 바라보고 있는 한정을 발견했다. 그리고는 문득 그녀가 그림자처럼 자신의 곁에 있다는 사실 때문에 알게 모르게 적잖이 힘이 되고 있다는 사실을 깨달았다.

갑자기 생긴 육십만 냥을 어떻게 사용할 것인지에 대해서도 한정이 방법을 제시해 주었다.

그녀는 침묵하는 보석이다. 닦아야지만 영롱한 빛을 발한다. 즉, 물어봐야지만 자신의 지혜를 나누어 준다.

"결우당을 옮기려고 하오."

그는 한정을 보며 밑도 끝도 없이 불쑥 말했다.

한정은 잠시 눈을 깜빡이면서 그를 말끄러미 바라보았다. 왜 결우당을 옮기려고 하는지에 대해서는 묻지도 궁금하지도 않았다.

그것은 무조건 남자를 따르는 여자가 취할 행동이 아니다. 그가 결정하면 그대로 따를 뿐이다.

"죽여 버리죠?"

그런데 그때 옆에 서 있는 반아미가 조용한 목소리로 불쑥 말했다.

"누굴 말이냐?"

"삼층 지붕에 숨어 있는 놈 말이에요."

용비는 뜻밖이라는 표정을 지었다.

"너도 알았느냐?"

"네."

용비는 반아미를 과소평가했음을 깨달았다. 그녀는 감시자의 존재를 이미 간파하고 있었던 것이다.

만약 용비에게 삼원심공의 사공이 없었다면 그는 반아미의 상대도 되지 못했을 것이다.

반아미는 용비가 삼층 지붕에 숨어 있는 감시자 때문에 지하로 내려왔으며, 고민 끝에 결우당을 옮기기로 결정한 것이라고 생각했다.

덕분에 한정도 감시자가 있다는 사실을 알게 되었다.

"죽이는 것은 곤란하다."

"그럼 폐인을 만들어 버리죠."

용비가 고개를 가로젓자 반아미는 즉시 다른 의견을 내놓았다. 그러나 감시자를 죽이는 것이나 폐인을 만드는 것이나 다를 게 없다.

"그럼 옥연이 또 감시자를 보낼 것이다. 악순환의 반복일 뿐이다."

"그럼 옥연이라는 자를 죽여 버리죠."

옥연과 결우당의 관계에 대해서 모르고 있는 반아미는 무턱대고 죽이는 것만 들이밀고 있다. 심지어 그녀는 옥연이 누군지도 모른다.

옥연이 신룡경천도법을 원했기 때문에 결과적으로 자신이 용비의 종이 됐다는 사실을 그녀가 알게 되면 어떤 표정을 지을지 궁금하다.

"너는 조용히 해라."

"네."

이후 반아미는 입을 다물었다.

그때 한정이 사근사근한 목소리로 입을 열었다.

"옮길 마땅한 장소가 없나요?"

"그렇소."

한정은 크고 맑은 눈동자를 사르르 굴리며 잠시 생각하다
가 손가락 하나를 세웠다.

"배가 어떤가요?"

"배?"

"네. 마침 결우당이 부업으로 운송업을 시작하려는 단계니
까 이참에 결우당 본당으로 삼을 배를 함께 구입하는 것이 어
떻겠어요?"

배라니, 정말 기발하다. 천재 소리를 듣는 용비지만 땅에
있는 번듯한 집만 생각했지 움직이는 배까지는 미처 생각하
지 못했다.

항주 성내에는 북쪽에서 남쪽으로 흐르는 세 줄기의 강이
나란히 관통하고 있으며, 그 강들은 여러 줄기의 운하로 연결
되어 있다. 그래서 수많은 배가 세 개의 강과 운하를 이용하
고 있다. 즉, 항주는 수상 교통이 매우 발달되어 있는 곳이다.

그중 성내의 서쪽에서 흐르는 강은 항주 서쪽에 있는 서호
로 흘러들며, 또한 서호에서 흘러나가는 물줄기가 항주 남쪽
의 전당강과 합류한다.

그리고 두 개의 강은 모두 항주 성내를 관통하여 전당강으
로 흘러들어 간다.

뿐만 아니라 서쪽의 산악 지대를 제외하곤 항주의 동쪽과
남쪽, 북쪽 어디든지 물길로 연결되어 있다.

항주 남쪽 전당강에서 바다까지는 불과 십여 리 남짓의 거리라서 그곳을 통해 절강성 남쪽이나 더 남쪽인 복건성까지도 갈 수가 있다.

또한 항주 북쪽으로 뻗은 운하는 강소성(江蘇省) 남단의 거대 호수 태호(太湖)로 흘러들거나 아니면 직접 장강까지 연결되어 있다.

그러므로 결우당의 본당을 배로 삼으면 천하 어디든지 갈 수 있는 것이다. 움직이는 결우당이라니 실로 기발한 발상이 아닐 수 없다.

용비는 진심으로 감탄하여 자신도 모르게 두 손을 내밀어 한정의 두 손을 덥석 잡았다.

"기발한 생각이오. 고맙소."

"아!"

용비의 솔직한 표현에 한정은 깜짝 놀랐다. 그러나 그가 손까지 잡아주면서 고맙다고 하자 너무나 기뻐서 가슴이 두근거렸다.

슥.

용비는 한정의 손을 잡은 채 일어섰다.

"내일 날이 밝는 대로 배를 알아봐야겠소."

"배에 대해서 잘 아세요?"

"배?"

한정의 물음에 용비는 말문이 막혀 버렸다. 그가 알고 있는 배라는 것은 항주 성내 운하를 오고 가는 조그만 배, 즉 나룻배 수준이다.

하지만 운송 사업에 필요한 배라든지 결우당 본당으로 삼을 배라면 훨씬 더 커야 할 것이다. 거기에 대해서 용비는 아는 바가 없다.

천추문은 항주 일대에서 몇 가지 사업을 하고 있는데 그중에 해외 교역도 있다.

중원의 물품을 해외에 갖고 나가서 팔거나 해외 각지의 특산물을 사들여 와서 중원에서 파는 사업이며, 삼십여 척의 거대한 배로 운영하고 있다.

한정은 가문의 사업을 많이 거드는 편이라서 배에 대해서도 잘 알고 있다.

"배를 아시오?"

"조금……."

용비가 뚫어지게 주시하자 한정은 얼굴을 붉히면서 눈을 내리깔았다.

사실 용비는 아직 한정을 인정하지 않고 있다. 즉, 그녀가 생명의 은혜를 갚겠다면서 모든 것을 다 버리고 자신의 곁으로 달려온 것을 용납하지 않는 것이다.

하지만 그는 옥연에게 포상금으로 받은 은자 육십만 냥을 여섯 등분으로 분배하여 한정에게도 주었다.

그녀를 결우당 사람으로 인정해서가 아니라 그녀 하나만 빼놓고 돈을 분배하는 것이 왠지 온당하지 않다고 여겼기 때문이다.

어쩌면 그것은 그녀를 인정하고 싶다는 그의 속마음의 또 다른 표현은 아니었을까?

그녀는 천추문의 소문주라는 대단한 신분인 데 비해서, 용비 자신은 아버지가 누군지도 모르는 비천한 기녀의 아들이라는 신분의 격차 때문에 괜히 그녀를 경원하고 있는 것은 아닐까?

용비는 문득 그런 생각이 들었다. 그것은 지금까지 한 번도 생각해 본 적이 없었는데 마침 지금 거기에 생각이 미친 것이다.

만약 거추장스러운 '신분'이라는 것을 떼어버린다면 한정은 그저 한없이 착하고 지혜로운 소녀일 뿐이다.

그리고 용비 곁에 머물고 싶어 하는 맹목적인 아름다운 소녀이기도 하다.

거기까지 생각한 용비는 자신의 괜한 피해의식 때문에 한정을 멀리했으며, 그로 인해서 그녀가 마음을 다쳤을 것이라는 사실을 깨닫고 쓴웃음이 나왔다.

그러나 한정은 용비가 자신을 물끄러미 응시하다가 묘한

미소를 짓자 덜컥 겁이 났다.

그의 평소 표정은, 아니, 분위기는 으스스한데 거기에 기묘한 미소까지 머금자 와락 공포를 느낀 것이다.

현도나 낙혼, 요조는 용비의 그런 분위기에 익숙해져서 아무렇지도 않지만 한정은 아직 그 단계까지는 아니다.

"그대가 배를 알아봐 주겠소?"

"네?"

용비의 지금 분위기와 그가 한 말이 어긋나게 들려서 한정은 그의 진심을 이해하지 못했다.

"결우당으로 쓸 배는 물론 운송 사업에 필요한 배까지 알아봐 주면 고맙겠소."

"아……."

그제야 한정은 방금 용비가 지은 미소가 좋은 의미라는 사실을 깨닫고 내심 안도의 한숨을 쉬었다. 그녀는 이렇게 조금씩 그를 알아가기 시작했다.

"알았어요. 맡겨주세요."

한정은 힘차게 대답했다.

용비는 삼층으로 돌아가기 전에 한 가지 할 일이 더 남았다. 그는 반아미를 자기 앞으로 불러 세웠다.

"너는 날이 밝는 대로 집으로 돌아가라."

"네?"

반아미가 의아한 표정을 짓는 것을 보면서 용비는 냉정하게 말했다.

"너를 종에서 풀어주겠다."

그녀에게서 신룡경천도법을 얻어냈으니 더 이상 필요없는 존재인 것이다.

"……."

용비는 반아미가 분명히 좋아할 것이라고 예상했다. 그녀 같은 최상류의 소녀가 이름도 모르는 소년의 종이 되었다가 풀려나는 것이니까 당연하다.

"그럴 바엔 차라리 죽여주세요."

그런데 반아미의 입에서 뜻밖의 말이 흘러나왔다. 또한 표정도 얼음장처럼 싸늘했다.

"치욕을 당할 바엔 죽는 게 나아요."

용비는 그녀의 말을 이해하지 못하고 미간을 좁혔다.

"내가 너에게 치욕을 주었다는 말이냐?"

"그럼 행복을 줬겠어요?"

용비는 반아미의 얼굴에 싸늘함과 분노가 동시에 떠올라 있는 것을 보고 영문을 몰라 무의식중에 한정을 쳐다보았다. 그는 요즘 들어 궁할 때에는 한정을 쳐다보는, 즉 그녀에게 해결책을 묻는 습관이 생기려 하고 있다.

한정의 얼굴에는 씁쓸한 표정이 엷게 떠올라 있었다. 용비는 그것이 무얼 의미하는지 알지 못했다.

하지만 반아미가 이러는 이유를 한정은 짐작하고 있을 것이라는 생각이 들었다.

어쨌든 그는 평소 자신의 성격대로 반아미를 상대할 필요가 있다고 생각했다.

"널 죽이지 않겠다. 그리고 이곳에서 내쫓겠다."

"그렇다면 방법은 하나뿐이군요."

용비는 그녀의 말을 무시하고 몸을 돌려 문으로 걸어갔다.

"네 마음대로 해라."

위잉!

"죽엇!"

그 순간 반아미가 용비의 뒤통수를 향해 있는 힘껏 오른 주먹을 날렸다.

설마 반아미가 급습할 줄은 예상하지 못한 용비는 흠칫했으나 거리가 반 장도 채 안 되고 배후에서의 공격이라 피하거나 반격할 재간이 없었다.

반아미의 주먹에는 오성의 공력이 실려 있기 때문에 거기에 정통으로 적중되면 용비의 머리는 두부처럼 으깨지고 말 것이다.

탁!

그때 용비 옆에 있던 한정이 급히 그의 어깨를 밀쳤다.

펵!

"악!"

그 순간 용비의 뒤통수를 겨냥했던 반아미의 주먹이 한정의 오른쪽 가슴에 적중됐다.

한정에게 밀쳐진 용비는 상체가 옆으로 크게 기운 자세에서 반아미를 향해 벼락같이 왼손을 뻗었다.

후욱!

뻐걱!

"아악!"

그의 손바닥에서 푸른 기류가 번갯불처럼 뿜어져서 반아미의 가슴을 정통으로 적중시켰다.

그녀는 가랑잎처럼 허공으로 날려가서 천장에 부딪혔다가 바닥에 내동댕이쳐졌다.

용비는 다급한 상황에서 공격을 해야겠다고 왼손을 뻗었는데 운 좋게도 청룡공기가 뿜어졌다. 손바닥에서 발출되었으니 장풍인 셈이다.

그러나 제대로 공력을 모아서 발출하지 않았기에 사성 정도의 공력이 실려 있었다.

만약 그렇지 않았다면 반아미는 적중되는 순간 가슴 한복판이 관통되어 즉사했을 것이다. 청룡공기는 무엇이든 관통하는 특성이 있기 때문이다.

반아미의 강력한 일권을 어깨에 맞은 한정은 바닥에 쓰러졌다가 주르르 이 장이나 밀려나가서 벽에 뒷머리를 부딪히고 혼절했다.

"소문주!"

용비는 급히 한정에게 달려가며 외쳤다. 만약 그녀가 위급한 순간에 그를 밀치지 않았으면 지금쯤 용비의 머리가 으깨져서 즉사했을 것이다.

그런 생각을 하니 한정이 고맙고 또 그녀가 잘못되지는 않았는지 걱정이 앞섰다.

급히 그녀의 맥을 짚어보니 기혈이 헝클어졌으며 호흡도 고르지가 않았고 안색 또한 창백했다.

반아미의 일권을 가슴에 맞았으니 뼈가 부러지고 폐나 장기를 심하게 다쳤을 것이다.

第二十六章 천붕양행(天鵬洋行)

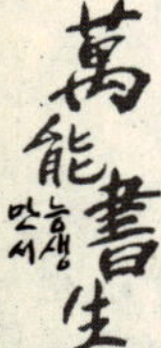

결우당 삼층 용비의 거처 두 개의 침상에 한정과 반아미가
각각 누워 있다.

용비는 자신의 침상에는 한정을, 한정의 침상에는 반아미
를 눕혔다.

한정은 늑골 두 개가 부러지는 데 그쳤다. 풍만한 젖가슴이
완충작용을 해주었기 때문이다.

그 덕분에 내장이나 장기는 전혀 손상을 입지 않았다. 하지
만 젖가슴이 많이 상했다.

아니, 상한 정도가 아니라 심하게 짓이겨져서 그 상태로는

여자로서의 기능은 물론이고 아름다운 유방도 보존할 수 없게 될 것이다.

용비는 먼저 한정의 체내에 삼원심공기를 충분히 주입하여 호흡과 맥, 기혈을 정상으로 돌아오게 했다. 그러는데 반 시진이 소요됐다.

이어서 반아미에게 갔다. 그녀의 행실로 봐서는 살려주고 싶은 생각이 추호도 없지만, 그녀가 죽었을 경우에 신룡보하고 원한을 맺게 될 것이 염려됐다.

그녀가 만능서생과의 비무를 절대적으로 비밀로 했는지도 의문스럽다.

만약 그녀 외에 다른 누군가 그 사실을 알고 있다면 만능서생이 용비라는 사실을 밝히고 또 찾아내는 일은 그리 어렵지 않을 것이다.

그녀에게 비무를 신청한 소선개를 족치는 것도 방법 중의 하나고, 비무가 벌어졌던 무도관을 알아낸다면 결우당이 돈을 주고 그곳을 빌렸다는 사실은 자연히 드러날 수밖에 없다.

무도관을 빌린 것은 현도인데, 평소에 무도관 사람하고 친분이 있고 그 사람은 현도가 사우당 사람이라는 것을 잘 알고 있다.

하여튼 반아미가 죽는 것은 좋지 않다. 하지만 이미 죽어버렸다면 어쩔 수가 없다.

지하 이층에서 이곳까지 옮기는 도중에는 죽지 않았는데, 한정을 치료하는 반 시진 동안 죽었다면 그녀의 명이 거기까지인 것을 어쩌겠는가. 그때는 그때대로 대처하는 수밖에 없을 것이다.

하지만 불행인지 다행인지 반아미는 죽지 않았다. 한정의 상태보다 몇 배나 더 중상을 입었는데도 불구하고 희미하게 호흡을 하면서 맥도 끊어질 듯 불규칙하게 간신히 뛰고 있다.

용비는 자신을 죽이려고 날뛰던 그녀의 모습을 회상하면서 착잡한 마음이 되었다.

하지만 그녀가 살아 있는 것을 확인한 이상 그냥 내버려 둘 수는 없는 노릇이다.

그녀와의 관계를 떠나서 사경을 헤매는 인명을 구하는 것은 의원의 도리다.

용비는 이미 한 번 죄를 지었다. 상처가 훨씬 위중한 반아미부터 치료했어야 하는데 한정부터 치료한 것이다.

의원의 본분을 팽개치고 마음이 가는 대로 행동했기 때문이다. 사부 완사가 이 사실을 알았더라면 용비는 심한 꾸지람을 들었을 것이다.

그 죄를 씻기 위해서라도 용비는 최선을 다해 반아미를 치료했다.

현재 그녀를 치료하는 방법은 삼원심공기를 일으켜서 청룡공기가 적중된 가슴 한복판 부위에 주입하여 내상을 치료하는 것뿐이다.

내상을 다스려서 한숨 돌린 후에 환약과 탕제, 금창약을 사용하는 것이 순서다.

그런데 반아미의 맨가슴 한복판에 오른 손바닥을 밀착시키고 삼원심공기를 주입하던 용비는 고개를 갸웃거렸다. 뭔가 이상한 것을 감지했기 때문이다.

반아미의 체내에서 뭔가 꿈틀거리고 있었다. 그리고 그것이 낯설지 않고 매우 친근하게 느껴졌다.

사실 이것이 처음은 아니다. 지난번 비무 때 용비의 주작공기에 적중당한 반아미를 치료하는 과정에서도 지금과 비슷한 경험을 했다.

'설마 청룡공기라는 말인가?

순간적으로 그런 생각이 들었다. 아까 지하 이층에서 반아미는 용비의 청룡공기에 적중됐었다.

그래서 그 기운이 그녀의 체내에 남아 있는 것이 아닐까 하는 생각이 든 것이다.

만약 그게 맞는다면 지난번에 치료할 때 그녀의 체내에서 꿈틀거렸던 기운은 주작공기였을 것이다.

용비는 일단 반아미 체내에 있는 기운을 빨아내 봐야겠다고 생각했다. 그러면 그게 무엇인지 알게 될 터이다.

그는 주입하던 삼원심공기를 거두고 대신 오른팔에 청룡공기를 일으켜서 끌어당기기를 시도했다.

그녀 체내에 있는 것이 청룡공기라면 같은 청룡공기로 흡수해야 할 것이라는 생각이 들었다.

그는 청룡공기를 발출하는 것의 반대라는 생각으로 반아미의 풍만한 가슴 한복판에 밀착시킨 손바닥을 움찔거렸다.

스우.

그 순간 그녀의 체내에서 뭔가 빨려 나오는 느낌이 들었다.

그러더니 한줄기 청량한 기운이 손바닥을 통해서 팔로 흡수됐다.

확인하고 자시고 할 것도 없이 용비는 반아미의 체내에서 흡수한 기운이 청룡공기라는 것을 즉시 깨달았다.

그는 조금 흥분을 느끼며 반아미의 맥을 짚어보았다. 만약 맥이 정상이면 놀라운 사실 하나를 깨우치게 되기 때문에 흥분을 느끼는 것은 당연했다.

반아미의 맥은 정상이었다. 심장박동도 호흡도 지극히 정상이다. 그녀는 청룡공기에 적중당하기 전의 상태로 돌아간 것이다.

그녀는 아까 청룡공기에 적중되면서 심한 내상을 입었을

텐데 청룡공기를 뽑아내자 내상이 씻은 듯이 치료됐다.

아니, 원래의 상태로 돌아갔다. 어떻게 그럴 수가 있는지 의아했으나 그것은 분명한 사실이다. 어쩌면 공기를 회수하는 과정에 치료가 되는 것인지도 모른다.

용비는 새로운 한 가지를 배웠다. 삼원심공의 사공기를 누군가에게 적중시켜서 상처를 입히게 됐을 경우, 그것을 다시 회수하면 상처가 낫는다는 사실이다. 물론 어째서 그런지는 아직 모른다.

그런 사실을 조금 일찍 알았더라면 지난번 반아미가 주작공기에 적중되었을 때 치료하느라 그토록 애를 먹지 않았을 것이다.

사공기로 상대를 상하게 할 수도 있고 감쪽같이 낫게 할 수도 있다니 실로 신기한 일이 아닐 수가 없다.

"음……."

조금 전까지만 해도 사경을 헤매던 반아미가 깨어나려고 신음을 흘렸다.

순간 용비가 재빨리 그녀의 혼혈을 제압하자 깨어나려던 그녀는 즉시 깊은 잠에 빠져들었다.

그녀가 깨어나면 또다시 치욕이니 뭐니 하면서 용비를 죽이겠다고 날뛸 테니 혼혈을 제압해 두는 편이 좋다.

용비는 다시 한정에게 갔다. 그녀의 짓이겨진 오른쪽 젖가슴을 어떻게든 정상으로 치료하고 싶었다. 아니, 꼭 그렇게 해야만 한다. 그래야지만 그녀에게 진 빚을 조금이라도 갚을 수가 있다.

조금 전에 삼원심공기를 주입한 덕분에 한정의 상태는 매우 호전되어 있었다.

혈색은 발그레했고 호흡도 정상이다. 그러나 여전히 오른쪽 젖가슴이 짓이겨진 끔찍한 모습이다.

지금 한정은 상의와 젖 가리개가 벗겨진 상태로 침상에 반듯하게 누워 있다.

그런데 왼쪽 젖가슴은 뽀얗고 탐스러운 데 비해서 오른쪽 젖가슴은 보기 흉하게 짓이겨진 모습이다. 반아미의 공력이 실린 일권을 정통으로 적중당했기 때문이다.

두 개의 젖가슴이 하나는 비할 데 없이 아름답고 다른 하나는 참혹한 모습이라서 그것을 보고 있는 용비는 묘한 슬픔을 느꼈다.

용비는 마음을 다잡고 그녀 옆 의자에 앉아서 지그시 눈을 감고 삼원심공기를 일으켰다.

이윽고 삼원심공기가 최고조에 이르렀을 때 눈을 뜨고 천천히 두 손을 뻗어 한정의 짓이겨진 오른쪽 유방을 부드럽게 감싸듯 잡았다.

그리고는 기도하는 마음으로 천천히 유방을 주무르고 쓰

다듬으면서 삼원심공기를 주입시켰다.

지금 그는 더없이 경건하다. 불도에 정진하는 고승의 마음이 이럴 것이다.

그리고 반드시 한정의 유방을 원래대로 복원시켜야겠다는 간절한 심정으로 가득 차 있다.

그렇게 반 시진이 지났을 때 한정의 오른쪽 유방은 조금쯤 회복되는 듯했다.

살이 괴사하여 적갈색을 띠고 있었는데 지금은 비록 조금이지만 흐릿하게 살색이 돌아오고 있었다.

하지만 회복하는 속도가 지나치게 느렸다. 용비는 이런 회복 속도라면 최소한 열 시진 이상 그녀의 유방에 삼원심공기를 주입하면서 주무르고 있어야 할 것이라고 예상했다. 그러면서도 유방이 완전한 제 모습을 찾을 수 있을 것이라고 장담할 수가 없다.

절대로 열 시진이 지겹고 힘들어서가 아니다. 열 시진이 아니라 백 시진 동안 치료를 지속한다고 해도 그는 상관이 없다. 다만 유방이 완전히 회복될 수 있을지 그것만을 걱정할 뿐이다.

한정을 치료하기 시작한 지 한 시진이 거의 되어갈 무렵에 용비는 문득 어떤 생각이 떠올랐다.

'삼원심공기의 사공 네 가지 기운이 모두 치료에 도움이

되는 것은 아닐 것이다.'

그는 매우 중요한 사실에 생각이 미쳤다. 사공은 제각각 따로 고유의 특성이 있을 것이다. 그런데 그것들이 다 치료에 효과적일 수는 없다.

하지만 그는 시험해 본 적이 없어서 사공에 어떤 특성이 있는지 아직 모른다. 우선 지금은 치료에 적합한 공기를 찾아내는 것이 급선무다.

일각 후, 용비는 사공을 하나씩 몇 차례 시험해 본 결과 치료에 가장 적합한, 아니, 탁월한 효과를 발휘하는 공기를 찾아냈다.

그것은 주작공기였다. 그러나 주작공기가 어째서 상처를 치료하는 작용을 하는지에 대해서는 알아내지 못했다.

나머지 삼공에 어떤 특성이 있는지는 나중에 한가할 때 알아보기로 마음먹었다.

그는 주작공기를 최고조로 일으켜서 두 손에 모으고 한정의 유방에 주입하며 주물렀다.

과연 그의 판단이 옳았다. 유방을 반 각 정도 주물렀을, 아니, 치료했을 뿐인데 빠르게 원형으로, 그리고 제 살색을 회복하기 시작했다.

사르르.

그때 한정이 혼절에서 깨어나 느릿하게 눈을 떴다.

그러면서 그녀가 가장 먼저 느낀 것은 누군가 자신의 오른쪽 유방을 떡 주무르듯이 만지고 있다는 사실이다.

그녀는 너무 놀란 나머지 비명을 지르려고 했다. 그런데 그녀의 동그랗게 커진 두 눈에 가득 들어오는 하나의 광경이 있었다.

그것은 용비가 땀을 뻘뻘 흘리면서 무엇인가에 몰두하고 있는 모습이다.

동그랗게 커진 한정의 눈동자가 용비의 얼굴에서 그의 팔을 따라 손으로 점차 내려갔다.

그리고는 그가 무엇인가를 열심히 주무르고 있는 광경을 발견했다.

마치 빨래를 하듯이, 또는 떡이 찰지라고 주무르듯이 열심히 두 손을 움직이고 있는 광경이다.

'악!'

한정은 비명이 목구멍까지 솟구치는 것을 간신히 삼켰다. 만약 상대가 용비가 아니었으면 벌써 주먹이 날아갔을 것이다. 그녀는 도대체 이 상황을 어떻게 이해해야 할지 순간적으로 대책이 서지 않았다.

그때 한정의 눈에 무언가 들어왔다. 용비의 커다란 두 손에 움켜잡혀서 찌그러진 형태를 하고 있는 자신의 유방이 손가락 사이로 보였다.

그런데 뭔가 이상했다. 유방 색이 뽀얀 순백색이 아니라 검붉은 색이다.

"휴우……."

그때 용비가 주무르기를 중지하고 유방에서 손을 떼더니 얼굴을 가까이 대고 자세히 살펴보았다.

유방은 처음보다 눈에 띄게 많이 좋아졌다. 일그러져서 마치 짓밟아놓은 만두 같던 모습이 절반 정도 원래의 형태로 복원되었으며, 색도 짙은 검붉은 색에서 옅은 검붉은 색으로 변했다.

'아…….'

한정은 자신의 유방을 보는 순간 어떻게 된 일인지 깨닫고 속으로 나직한 탄성을 흘렸다.

지하 이층에서 반아미가 갑자기 뒤에서 용비를 공격한 일, 자신이 용비를 구하려고 밀친 직후에 반아미의 일격에 가슴을 얻어맞았던 일이 생각났다.

그러나 그 후의 일이 생각나지 않는 것으로 미루어 그때 그녀는 혼절한 것이 분명했다.

'그녀에게 일격을 당한 내 가슴이 이상해졌던 것이 분명해. 그래서 용 공자께서…….'

한정은 용비의 치료 능력을 잘 알고 있다. 그러므로 지금

보고 있는 자신의 가슴이 치료를 하기 전에는 훨씬 더 흉측했을 것이라고 짐작할 수 있다.

도대체 용비가 얼마 동안이나 치료에 몰두하고 있었는지, 얼마나 전력을 쏟았으면 저렇게 땀을 비 오듯이 흘리고 있는지 한정은 안쓰러우면서도 고마웠다.

그녀는 자신의 가슴이 흉측하게 변한 사실보다 용비를 더 염려했고 그의 노력을 고마워했다.

한정이 깨어났다는 사실을 모르는 용비는 손을 뻗어 그녀의 오른쪽 유방을 잡고 이리저리 잘 살펴보았다. 어느 쪽에 치료를 더 집중해야 할지 가늠하는 것이다.

슥.

그러더니 이번에는 멀쩡한 왼쪽 유방을 자세히 보면서 이리저리 쓰다듬고 또 버찌처럼 작고 연분홍색인 유두의 모양이 어떤지도 살펴보았다.

왼쪽 유방을 잘 보고 그 모습 그대로 오른쪽 유방을 복원하려는 것이다.

그러자니 두 손으로 두 개의 유방을 만지고 쓰다듬으면서 살필 수밖에 없었다.

이런 상황에서 한정은 눈을 감아야만 했다. 용비가 자신의 젖가슴을 만지고 살피는 광경을 너무 부끄러워서 차마 눈 뜨고는 볼 수가 없었다.

그러나 눈을 감아도 그의 손길은 생생하게 느껴졌다. 그는 왜 자꾸만 유두에 그토록 신경을 쓰는지 몰랐다. 손가락으로 유두를 잡고 이리저리 비틀면서 잡아당기기도 하는데, 그럴 때마다 한정은 정수리에 번갯불이 꽂힌 듯 자지러지는 것만 같았다.

아무리 참으려고 해도 뜻대로 되지 않았다. 가슴이 콩닥거리고 가쁜 숨소리가 새어 나왔다.

용비는 바보가 아니다. 한정의 가슴이 심하게 오르락내리락하고 또 색색거리는 숨소리가 들리자 그녀를 쳐다보다가 그녀의 얼굴이 발갛게 달아오른 것을 발견하고는 그녀가 깨어났다는 사실을 깨달았다.

그는 유방에서 손을 떼면서 담담한 표정을 지었다. 그래 봐야 한정에게는 으스스하게 보이겠지만 말이다.

"깨어났소?"

용비가 알고 있으니 한정은 눈을 뜰 수밖에 없었다. 그러나 그녀는 그가 매우 진지한 표정인 것을 보고 자신의 추태를 깨달았다.

그는 치료하느라 진땀을 빼고 있는데 자신은 부끄러움 따위나 느끼고 있다는 사실에 그에게 미안하고 죄스러운 마음이 들었다.

용비는 한정을 물끄러미 응시했다. 반아미로부터 자신의

목숨을 구해주고 그녀 자신이 다친 일에 대해서 고맙고 미안한 마음을 전해야 하는데 이런 일이 도통 익숙하지가 않아서 입이 떨어지지가 않았다.

한정은 또 한정대로 부끄러움을 느끼지 않으려고 애쓰면서 조심스럽게 그의 눈을 마주 바라보았다.

그렇게 열 호흡 정도의 시간이 흐르는 동안 두 사람 누구도 말을 하지 않았다.

그런데 어느 순간 두 사람은 지금은 아무 말이 필요없다는 사실을 깨달았다.

두 사람은 그저 바라보는 것만으로 서로의 마음을 알 수 있었다. 두 사람의 잔잔한 눈빛이 마음을 대변하고 있었다.

"계속… 치료하겠소."

용비는 그녀의 눈을 들여다보며 조용히 말했다. 그 말은 달리 계속 젖가슴을 주무르겠다는 뜻이다.

"네."

한정은 얼굴뿐 아니라 목덜미까지 붉히면서 겨우 대답했다.

용비는 그로부터 두 시진을 더 치료했다.

*　　　*　　　*

나흘 후.

그긍!

아침 묘시(6시) 신룡보의 거대한 전문이 열리고 네 명의 무사가 밖으로 나왔다.

그들은 전문을 지키는 무사들로서 아침 묘시부터 저녁 유시(6시)까지 한 시진씩 교대로 근무를 한다.

"엇? 이게 뭐야?"

그런데 무사들은 전문 밖 담 아래에 챙이 넓은 방갓을 쓴 갈의 경장을 입은 한 사람이 책상다리로 앉아서 고개를 숙인 채 자고 있는 모습을 발견했다.

"감히 어떤 놈이 대신룡보 전문 앞에서 자고 있는 것이냐?"

"당장 일어나지 못하겠느냐?"

무사들은 자고 있는 갈의경장인을 향해 몰려가면서 한마디씩 호통을 쳤다.

그러나 갈의경장인은 잠이 깊이 들었는지 전혀 꼼짝도 하지 않았다.

퍽!

"이놈! 목을 베기 전에 당장 꺼져라!"

무사 한 명이 갈의경장인의 어깨를 발로 걷어찼다.

푹!

갈의경장인은 옆으로 힘없이 풀썩 쓰러졌는데 그 바람에 방갓이 벗겨졌다. 그리고 드러난 얼굴은 다름 아닌 흑룡가인 반아미였다.

"엇?"

"이 사람은……."

무사들은 반아미의 얼굴을 발견하고 멈칫하며 놀라는 표정을 지었다.

하지만 그들은 반아미가 소보주라는 사실을 즉시 알아차리지 못했다. 다만 어디선가 본 듯한 얼굴이라서 어리둥절하고 있는 것이다.

그녀가 워낙 수하들 앞에 나타나지 않고 무공 삼매경에만 빠져 있는 등 은밀하게 행동하기 때문이다.

만약 신룡보의 주축인 고수들이라면 반아미를 보는 즉시 알아보겠지만, 잡일과 뒤치다꺼리나 하는 무사들인지라 그녀를 알아보지 못하는 것도 무리가 아니다.

무사들은 서로 얼굴을 쳐다보고 고개를 갸웃거렸으나 반아미가 누군지 도무지 생각나지 않았다.

"가만, 이 낭자, 혼혈이 제압된 것 같군."

무사 중 한 명이 발로 차도 깨어나지 않은 채 자고 있는 반아미 앞에 한쪽 무릎을 꿇고 앉았다.

그는 반아미를 일으켜서 자세히 살펴보다가 조심스럽게

혼혈을 풀어주었다.

"음······."

반아미는 곧 나직한 신음을 흘리더니 깨어났다. 그리고는 자신의 주위에 네 명의 무사가 빙 둘러서서 굽어보고 있는 것을 발견하고는 벌떡 일어섰다.

그녀는 주위를 둘러보다가 신룡보 전문을 발견하고는 움찔 놀랐다. 그리고는 다짜고짜 무사 한 명의 멱살을 움켜잡고 다그쳤다.

"누가 날 이곳에 데려왔느냐?"

"으······."

"대답해라! 날 데려온 사람은 어디에 있느냐?"

차차창!

세 명의 무사는 일제히 도를 뽑자마자 반아미를 공격해 갔다.

그녀가 소보주일 줄은 꿈에도 모르고 동료를 핍박하니까 반사적으로 공격한 것이다.

퍼퍼퍽!

"흑!"

"끅!"

그러나 무사들은 공격하던 것보다 더 빠르게 가슴팍에 주먹 한 대씩을 얻어맞고 나가떨어졌다.

그들은 땅바닥에 주저앉은 채 가슴이 빠개지는 고통을 느끼면서도 반아미가 왼손으로는 무사 한 명의 멱살을 잡은 상태에서 오른 주먹만으로 자신들 세 명을 물리쳤다는 사실 때문에 놀라움을 금치 못했다.

반아미는 무사들을 당장 쳐 죽이고 싶은 것을 참으면서 바락 앙칼지게 외쳤다.

"이놈들아! 나 흑룡가인 반아미를 몰라보는 것이냐?"

*　　　*　　　*

보름 후, 늦은 오후.

남관구(南關口)는 항주 성내를 관통하는 세 줄기 물줄기 중에서 한가운데와 오른쪽의 두 줄기 물줄기가 전당강으로 흘러드는 지점에 형성된 꽤나 번성한 포구다.

전당강이 워낙 크고 수심이 깊기 때문에 해외에서 온 수십 장 길이의 전각보다 거대한 교역선들도 거뜬히 포구에 접안할 수가 있다.

남관구 포구에는 그러한 교역선 수십 척을 비롯하여 절강성 각지에서 몰려든 수많은 크고 작은 배, 그리고 고기잡이배 수백 척이 몰려서 언제나 문전성시를 이루고 있다.

하지만 상선 구역과 어선 구역이 따로 엄격하게 정해져 있으며, 선박의 크기에 따라서 또 여러 구역으로 나누어져 있기 때문에 복잡한 것 같으면서도 자세히 살펴보면 그 속에 질서가 잡혀 있다는 사실을 알 수가 있다.

그렇기 때문에 포구도 각 구역의 특성에 따라서 번성함을 누리고 있다.

예를 들면, 교역선들이 정박하는 구역에는 돈이 넘쳐 나고, 일반 상선 구역에는 천하 곳곳의 물산이 흥청거리며, 어선 구역에는 비릿한 비린내와 함께 어부들의 거친 고함 소리와 흥겨운 노랫가락이 울려 퍼진다.

교역선 구역과 일반 상선 구역 사이에 교역선만큼이나 거대한 선박과 중간 규모의 선박 수십 척이 정박해 있는 구역이 있다.

그곳은 운송 구역이며 남관구 포구 전체 구역 중에서도 가장 활기에 넘치는 곳이다.

캄캄한 한밤중에도 대낮처럼 불이 환하게 밝혀진 상태에서 선박에 각종 화물을 싣거나 하역하는 작업이 진행되고 있기 때문이다.

운송 구역에서 일손이 멈출 경우는 전쟁이 났거나 남관구 포구가 망해서 문을 닫았을 때뿐이라는 말이 나돌고 있을 정도다.

그곳 거대한 선박들 사이에 한 척의 자그마하고 날렵하게 생긴 배가 정박해 있다.

작다고는 하지만 전장이 칠 장이고 폭이 이 장 반, 수면에서 선실 꼭대기까지 쳐서 높이가 오 장여에 이르는 제법 큰 배 축에 속한다.

하지만 엄청난 규모의 운송선 사이에 끼어 있으니 꼬마처럼 보이는 것이다.

선실은 삼층이며 앞쪽 갑판과 중간에 돛대가 하나씩 두 개다. 보통 이 정도 규모의 배는 적당한 크기의 돛이 하나뿐인데, 이 배는 그보다 곱절이나 큰 돛이 두 개나 있다. 그로 미루어 이 배는 쾌속선이 분명했다.

선실 삼층 지붕에는 하나의 삼각 깃발이 펄럭이고 있으며, 깃발에는 검은 글씨로 '천붕(天鵬)'이라는 글자가 선명하게 수놓아져 있다.

저벅저벅.

포구에서 강 쪽으로 길게 뻗은 목교(木橋) 위로 발걸음 소리를 내면서 세 사람이 걸어오고 있다.

이남일녀다. 가운데 사내는 흑삼 차림이며 키가 훤칠하게 크고 후리후리한 체구다.

그리고 오른쪽의 사내는 흑의 경장을 입고 제법 키가 컸으나 흑삼 사내보다는 머리 반 정도가 작았다.

두 사내는 챙이 넓은 방갓을 썼으며 무기는 지니지 않았으나, 몸을 꼿꼿하게 세우고 어깨를 활짝 편 자세로 성큼성큼 걷는 모습이 자못 당당해 보였다.

흑삼 사내 왼쪽은 여자다. 하늘색 경장 차림에 분홍색 동의(조끼)를 걸쳤으며, 여자로선 조금 큰 키인데도 옆의 흑삼 사내의 어깨에도 차지 않았다. 그녀는 물빛의 얇은 비단 면사로 얼굴을 가린 모습이다.

목교의 길이는 포구에서 끝까지 무려 백여 장이다. 그리고 목교 양쪽에는 배들이 길게 정박해 있다. 남관구 포구에는 이런 목교가 이십여 개나 설치되어 있다.

저벅저벅.

세 사람은 목교의 거의 끄트머리쯤에 이르러서 걸음을 멈추지도 않고 곧장 탈부착식 나무 계단을 밟고 어느 한 척의 배로 올라갔다.

그 배의 선실 삼층 꼭대기에는 '천붕'이라고 수놓아진 삼각 깃발이 강바람에 펄럭이고 있었다.

세 사람은 선실 삼층으로 올라갔다. 그곳은 맨 앞쪽에 전방을 관망하는 지붕만 있는 누대(樓臺)가 있고, 뒤쪽에 세 개의 방이 있으며, 왼쪽에 복도로 이어져 있다.

세 사람은 그중 첫 번째 방으로 들어가자마자 답답한 듯 쓰고 있던 방갓과 면사를 벗었다. 그러자 용비와 현도, 한정의 모습이 나타났다.

"어떻게 됐어?"

실내에서 기다리고 있던 낙혼과 요조가 세 사람에게 다가오며 긴장된 표정으로 물었다.

복판의 탁자 둘레에 모두들 둘러앉으면서 현도가 벙긋 미소 지으며 엄지손가락을 치켜세웠다.

"계약했다."

"정말?"

"어, 얼마나 큰 건데?"

현도가 벙글벙글 미소 지으면서 손가락 다섯 개를 펼쳐 보이며 설명했다.

"오조(五組)짜리 두 척이야. 오조면 배의 폭이 여섯 장에 길이가 무려 이십오 장이다. 한 척당 화물 십만 관(약 400톤)을 실을 수 있는 규모다."

"우와, 굉장하다!"

용비 등은 남관구 포구. 하구 쪽에 있는 몇 군데 조선창(造船廠) 중에서 제일 솜씨가 좋은 곳에 운송선 두 척을 건조해 달라고 계약을 했다.

현도는 희희낙락했다.

"내가 알아보니까 원래 오조짜리 운송선이면 척당 은자 이십오만 냥 이상은 줘야 건조할 수 있더라고. 그런데 한 소저

께서 그곳 조선창 창주에게 얘기를 잘해서 우리 배는 척당 이
십만 냥에 만들어주기로 했다.”

“끼야아!”

낙혼과 요조는 은자 십만 냥이나 깎았다는 말에 기절할 정
도로 기뻐서 날뛰었다.

“쉬.”

현도는 입이 근질거려서 못 참겠다는 듯한 표정으로 손가
락 하나를 입에 대고 물이 새는 소리를 냈다.

낙혼과 요조는 눈을 반짝반짝 빛내면서 현도가 또 어떤 좋
은 소식을 전할지 궁금해하며 마른침을 삼켰다.

“포구 거리 가장자리 가장 좋은 위치에 천붕양행(天鵬洋行)
점포와 창고를 얻었다.”

“점포까지…….”

낙혼과 요조의 눈이 휘둥그레졌다.

“그게 다가 아니다.”

“또 뭐가 있는데?”

현도는 손가락 세 개를 펼쳐 보이며 득의양양했다.

“운송 계약 세 건을 체결했다.

“체… 결이 뭔데?”

“다시 말하마. 운송 계약 세 건을 따냈다.”

낙혼과 요조는 주먹이 들어갈 정도로 입을 벌린 채 놀라서

물었다.

"배… 도 아직 만들지 않았는데?"

"그게 가능해?"

현도는 마치 자신이 공을 세운 양 어깨를 으쓱이며 한껏 거드름을 피웠다.

"우리 천붕양행의 운송선 두 척은 지금부터 사십 일 후에 완성된다. 그때 첫 일거리가 이미 들어와 있는 것이다. 세 건의 운송비를 합치면 도합 십오만 냥이다."

크게 입을 벌리고 있는 낙혼과 요조의 입에서 침이 흘러나오고 있었으나 그들은 알지 못했다.

"은자로?"

"그래. 은자 십오만 냥이다."

"비, 빌어먹을……. 이거 꿈 아냐?"

현도는 용비 옆에 다소곳이 앉아 있는 한정을 두 손으로 정중히 가리켰다.

"그것 역시 한 소저께서 따내셨다."

한정은 담담히 미소만 지을 뿐이다.

"아는 사람에게 따낸 거야?"

"아니. 생판 모르는 상인이다. 대륙상단(大陸商團)이라는 곳의 사람들이 맺은 운송 거래가 갑자기 파기됐는데 그걸 운 좋게 파고들어서 따낸 거지."

낙혼과 요조는 벌린 입을 다물지 못했다.

"햐아, 대륙상단이라는 이름 들어봤어."

"첫 거래가 잘되면 우리 천붕양행을 단골로 삼겠다고 하더군. 그렇게 되면 대륙상단이 항주 인근에서 거래하는 모든 화물은 우리 차지가 되는 거지."

"키힝!"

갑자기 요조가 말 울음소리를 냈다. 눈물과 함께 콧물까지 쏟아져 나왔다.

어렸을 때는 천덕꾸러기로 참 많이 울었던 요조지만, 열두 살 이후로는 우는 모습을 보인 적이 없는 그녀다. 그러나 고통은 견딜 수 있지만 기쁨과 감격은 견디지 못하고 눈물을 쏟아내 버렸다.

용비가 일어나서 한정을 향해 정중히 고개를 숙였다.

"고맙소, 소문주."

그 한마디였으나 그 속에는 수많은 의미가 담겨 있다.

"아!"

한정은 깜짝 놀라서 일어나 어쩔 줄 몰라 했다.

그런데 그때 현도와 낙혼, 요조가 용비 좌우에 나란히 서서 한정을 향해 묵묵히 고개를 숙였다.

아무 말도 하지 않았으나 그들의 마음이 용비와 같다는 것을 한정이 모를 리가 없다.

한정은 왠지 가슴이 벅차오르며 눈시울이 뜨거워졌다. 그
러면서 자신이 용비 곁에 머물기로 결정했던 일이 정말 잘했
다는 생각이 들었다.

第二十七章 천붕(天鵬)

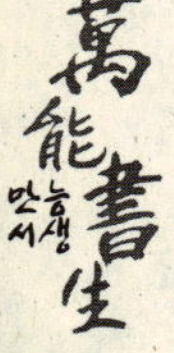

경장 차림에 죽립을 쓴 한 사람이 남관구 포구의 수십 개 목교 중에서 한곳을 뒤뚱거리면서 뛰어가고 있다.

작달막하고 통통한 체구인데 쓰고 있는 죽립은 너덜너덜하고 경장은 커서 빌려 입은 것 같은 모습이다.

죽립 아래의 얼굴은 넙데데하고 둥그스름하며 사람 좋은 중 같은 모습을 한 그는 다름 아닌 소선개였다.

초가을이라고 해도 아직 더운 날씨인데 긴 옷에 죽립까지 쓰고 반 시진 넘게 남관구 포구 여기저기를 뛰어다니느라 얼굴은 물론 온몸이 땀투성이가 된 소선개다.

그는 무얼 찾고 있는지 연신 좌우를 두리번거리면서 거의 뛰듯이 걸으며 어느덧 목교 끝까지 이르렀다. 그리고는 결국 그 자리에 퍼질러 앉으며 투덜거렸다.

"우라질! 천붕이라는 깃발을 찾으라니, 도대체 어느 구석에 처박혀 있는 거야?"

그는 남관구 포구에 와서 '천붕'이라는 깃발을 찾으면 용비 등을 만날 수 있다는 전갈을 받자마자 곧장 이리 달려온 것이다.

또한 사람들 눈에 띄지 않게 변장을 하라고 해서 개방 특유의 거지 옷을 감추려고 경장을 입고 죽립까지 썼더니 찜통이 따로 없을 정도로 더웠다.

하지만 아무리 찾아봐도 천붕은커녕 그 비슷한 깃발도 찾지 못하고 헤매다가 마침내 기진맥진한 것이다.

그런데 그때 소선개는 목교 맞은편에서 한 사람이 빠른 속도로 걸어오고 있는 것을 발견하고 반색했다.

그 사람은 수진랑인데 평범하게 걷고 있는데도 보통 사람이 달리는 것보다 서너 배 이상 빠른 속도로 목교 위를 미끄러져 오고 있다. 하지만 그녀는 전혀 변장하지 않은 평소 모습 그대로였다.

소선개는 수진랑도 자기처럼 전갈을 받고 '천붕'을 찾는 중이라고 여겨 동지를 만난 듯 반가워 벌떡 일어서며 소리쳤다.

"수 소저!"

수진랑은 진작부터 소선개를 발견했는데 그가 소리치자 신형을 멈추면서 냉랭한 표정을 지었다.

"죽고 싶으냐?"

소선개는 자신이 수진랑을 알은체한 것과 큰 소리로 부른 것 때문에 그녀의 심기가 불편해진 것이라고 짐작했다. 그렇더라도 같은 결우당 동료이면서 대뜸 죽고 싶으냐고 으르딱딱거리는 것은 마음에 들지 않았다.

하지만 자신의 내심을 쉽사리 드러내지 않는 소선개는 벙글벙글 웃으면서 수진랑에게 다가가며 너스레를 떨었다.

"수 소저께서도 결우당을 찾고 있소?"

그가 묻는데도 수진랑은 대답도 하지 않고 냉랭하게 쏘아보기만 했다.

그러자 평소 그녀의 얼굴 앞에 세워진 칼날이 지금은 더 날카롭고 또렷하게 짙어지는 것을 보고 소선개는 속으로 작게 몸서리쳤다.

'으으… 정말 친해지고 싶지 않은 여자다.'

수진랑은 아무 말 없이 목교를 조금 더 걸어가다가 어느 배로 훌쩍 뛰어올랐다. 그녀는 목교에 들어서자마자 '천붕' 삼각 깃발을 발견한 것이다.

소선개가 의아한 표정으로 쳐다보니 그 배의 선실 삼층 꼭대기에 그가 그렇게도 찾아 헤매던 '천붕'이라고 적힌 삼각 깃발이 펄럭이고 있었다.

결우당 본당, 즉 천붕호(天鵬號)가 남관구 포구를 미끄러지듯이 빠져나가고 있다.

이 배는 한정이 남관구 포구의 중고 선박 매매 업체에 나온 수십 척의 배를 꼼꼼하게 살펴본 후에 은자 팔만 냥을 주고 구입했다.

배는 포구의 들고나는 수많은 배 사이를 요리조리 어렵사리 피하면서 이윽고 바다처럼 드넓은 강으로 나왔다.

천붕호가 포구를 빠져나오는 솜씨는 별로 능숙하지 못했다. 아니, 조금 위태로웠다.

하지만 지난 닷새 동안 부단히 노력한 끝에 그나마 배를 이정도까지 몰게 된 것이다.

천붕호의 이층 선실 앞쪽에서 조타를 잡고 있는 사람은 뜻밖에도 설매다.

그리고 설매의 명령에 따라 천붕호의 이쪽저쪽으로 뛰어다니면서 돛을 올리거나 내리는 등 여러 가지 일을 도맡아서 하고 있는 사람은 대도이다.

설매와 대도는 화봉각의 각주 옥연이 그 당시 사우당에 붙여주었던 열 명의 무사 중 두 명이다.

설매는 아름다운 여자보다 더 아름다운 사내로 숫기 없고 겁이 많은 성격 때문에 동료들에게 놀림을 많이 당했으며 무사들과 사우당 사이의 전령 역할을 했었다.

그리고 대도는 무사들에게 대도가라고 불리면서 사우당을 업신여기다가 용비에게 된통 얻어맞아서 잠시 황천에 다녀온 후로 제정신을 차렸다.

용비는 천붕호를 구해놓고 화봉각 결우당을 떠나기 직전에 무사들에게 은자 열 냥씩을 고루 나누어 주었다.

그동안 그들이 한 일이란 먹고 자는 일밖에 없었으나 그래도 미우나 고우나 사우당에 속해 있던 무사들이니 녹봉이라고 해도 좋고 이별의 선물 같은 의미로 나누어 준 것이다.

그런데 눈치 빠른 설매가 뭔가 이상함을 느끼고 봉래전을 빠져나와 결우당으로 달려왔다.

그리고 눈치는 빠르지 않지만 용비에게 한 번 죽을 뻔한 이후에 새 사람이 된 대도는 지난 일을 사죄하기 위해서 결우당으로 왔다.

두 사람은 용비 일행이 떠나려는 장면을 목격하고는 크게 놀라 그 자리에 엎드려서 빌며 자기들도 데려가 달라고 울부짖었다.

용비는 설매와 대도를 각기 따로 방으로 데리고 들어가서 일각 정도 대화를 나누어보았다.

용비는 밑바닥 생활을 오래하면서 각양각색의 사람들을 많이 만나고 겪어봤다.

그래서 나름대로 사람을 보기만 해도 어떤 인물인지 대충 구별할 수 있는 안목이 있다고 자부하고 있는 터다. 더구나 진지한 대화를 나누어보면 상대의 됨됨이를 더 잘 파악할 수 있다고 믿었다.

설매, 그리고 대도와 일각씩 대화를 해본 용비는 그들이 화봉 옥연의 첩자가 아니며 진심으로 결우당을 따르려고 한다는 사실을 알게 되었다.

어차피 운송업을 하게 되든가 밖에서 결우당을 꾸려나가려면 사람이 필요하다.

처음 만나는 사람들을 채용해야 하는 상황에서 이미 알고 있는 설매와 대도를 데리고 가는 것도 괜찮을 것 같아서 두 사람을 따라오게 했다.

만약 용비의 판단이 잘못돼서 나중에 설매와 대도로 인하여 낭패를 보게 된다면 그것도 운명이겠거니 생각하기로 했다. 하지만 그럴 가능성은 거의 없을 것이라고 생각했다.

그래서 설매와 대도에게 전격적으로 맡긴 일이 천붕호를 몰게 하는 일이다.

그들을 데리고 나온 다음날 남관구 포구 최고의 조타사(操

舵士)와 항해사(航海士) 등 뱃사람들에게 열흘 동안 벼락치기로 빡세게 교육을 받도록 한 다음에는 직접 배를 몰아보도록 했다.

두 사람은 전력을 다해서, 또한 극도로 조심하며 배운 대로 천붕호를 몰았다.

기껏 열흘 동안 교육받은 것치고는 제법 솜씨있게 배를 다루었다.

처음 며칠 동안은 몇 번의 자잘한 사고를 내기도 했지만 배를 고치거나 보수해야 할 정도는 아니었다.

그리고 닷새가 지난 지금은 조금 엉성하기는 해도 나무랄 데 없는 운항 실력을 보여주고 있다.

뭐니 뭐니 해도 설매와 대도는 손발이 척척 아주 잘 맞았다. 그 광경을 보면 예전의 포악무도한 대도와 매일 질질 울기만 하던 설매의 모습은 찾아보기 어려웠다.

"당주! 어디로 갈까요?"

천붕호가 전방이 탁 트인 강으로 나오자 조타를 잡고 있는 설매가 여자의 고음으로 소리쳤다.

"상류로 가자!"

용비 대신 현도가 낭랑하게 대답했다.

천붕호는 두 개의 돛을 활짝 펴고 물살을 가르며 쏜살같이 전당강 상류로 나아갔다.

천붕호의 갑판 아래쪽 선창의 일층 어느 방에 용비 일행이 모두 모여 있다.

대부분의 선박이 그렇듯이 천붕호도 갑판 아래의 공간이 갑판 위 선실보다 열 배 이상 크고 넓다. 갑판 아래 선창은 모두 삼 층으로 이루어졌으며, 갑판 위하고는 달리 사방이 벽으로 막혀 있다.

지금 이들이 있는 방은 꽤 넓은데 벽 쪽 세 개의 창이 모두 열려 있어서 그리 어둡지 않았다.

모두 탁자에 빙 둘러앉아 있지만 경장과 죽립을 벗은 모습의 소선개 혼자만 수진랑 뒤쪽에 서 있다.

지난번 용비의 제의로 소선개를 친구로 받아들이는 것에 대해서 모두 찬성했었다. 그러나 용비와 한정을 제외한 모두의 밑바닥에는 소선개를 경원하고 멸시하는 마음이 깔려 있다. 원래 그와는 견원지간이었기 때문에 그것이 쉽게 사라지지 않았다.

그런 마음이 알게 모르게 여러 상황에서 겉으로 표출되어 소선개는 은연중에 따돌림을 받고 있는 것이다. 그는 결우당의 일원이지만 아무도 그에게 의자를 내주지 않았고 그가 앉는 것에 대해서 신경을 쓰지 않았다. 말하자면 그는 찬밥이다.

그런데 소선개는 아까부터, 아니, 천붕호에 탄 순간부터 계속 한정을 힐끗거렸다.

그러더니 지금은 아예 대놓고 뚫어지게 그녀를 주시하면서 이따금 고개를 갸웃거리기까지 한다.

도대체 한정이 어째서 이곳에 있는 것인지 아무리 생각해 봐도 알 수가 없기 때문이다.

"선개."

"엇? 왜… 왜?"

한정 옆에 앉은 용비가 불쑥 부르자 소선개는 화들짝 놀라 더듬거렸다.

용비는 손바닥을 펴서 한정에게 향하며 소선개에게 담담한 얼굴로 물었다.

"이분 소저가 누군지 알고 있느냐?"

"그래. 그런데 천추문 소문주께서 왜 이곳에 계시는 것인지 도통 짐작조차 할 수가 없군."

소선개는 두 주먹으로 자신의 머리를 꾹꾹 누르면서 오만상을 썼다.

"모르면 모르는 대로 덮어둬라."

"알았다."

소선개는 똥 누고 밑 안 닦은 것 같은 표정으로 마지못해서 대답했다.

"그런데 이 배는 뭐야? 천붕은 또 뭐고?"

그는 아까부터 궁금하던 것을 물었다. 결우당이라면 화봉각에 있어야 하는데 다들 이곳에 모여 있기 때문이다.

"나중에 현도에게 들어라."

용비는 그 또한 간단하게 해결했다. 그가 소선개에게 들어야 할 것은 따로 있기 때문이다.

"내게 해줄 말이 있느냐?"

용비가 소선개를 곁에 두기로 마음먹은 이유 중에 하나는 그가 항주에서 둘째가라면 서러워할 정도로 빠삭한 정보통이기 때문이다.

용비가 궁금해하는 것은 항주 전체의 전반적인 정보 같은 것이 아니다.

용비 자신에 관한 것, 천추문의 움직임, 죽은 광폭도에 대한 것 등이다.

"음, 그게 말이야."

소선개는 주먹을 입에 대고 말을 꺼냈다. 하지만 용비 외의 다른 사람들을 둘러보면서 '여기서 말해도 괜찮겠는가?' 라는 표정을 지었다.

용비는 고개를 끄덕였다.

"말해도 괜찮다."

소선개는 조금 더 뜸을 들이다가 입을 열었다.

"천추문에서는 계속 자네를 찾고 있다. 그런데 이상한 일이 있다. 천추문에서 자네와 함께 소문주도 찾고 있어."

그는 용비를 '너'에서 '자네'로 바꿔서 불렀다. 용비는 더이상 천추문 숙객당의 외겸인 따위가 아니기 때문이다. 오히려 용비는 결우당의 우두머리이기에 언행을 조심하는 것이다.

소선개가 보는 용비는 하루가 다르게 점점 더 커져가는 대단한 존재다.

그는 나란히 앉아 있는 용비와 한정을 번갈아서 쳐다보며 무슨 생각을 하는 듯하다가 고개를 가로저었다.

'에이! 말도 안 돼. 아니겠지.'

설마 용비와 한정이 서로 사랑하는 사이라서 사랑의 도피를 한 것이 아닌가 하고 혼자 생각해 봤으나 개구리가 배꼽이 생기면 생겼지 그런 일은 절대로 일어나지 않을 것이라고 확신했다.

용비가 요즘 잘나가고는 있지만 어찌 언감생심 천추문의 소문주이며 항주이미의 내미인하고 비교가 되겠는가. 한정이 봉황이라면 용비는 그저 한 마리 벌레일 뿐이다.

"음! 이것은 매우 중요한 건데……."

소선개는 짐짓 엄숙한 표정을 지으면서 헛기침을 하며 목소리를 가다듬었다.

"나흘 전에 혈풍도대 열 명이 항주에 들어왔다."

그의 말에 표정이 홱 변하며 크게 놀라는 사람은 한정과 수진랑 둘뿐이었다. 그녀들은 혈풍도대가 무엇인지 알고 있다는 뜻이다. 반대로 용비 등은 혈풍도대가 무엇인지 전혀 모르고 있다.

소선개는 한정에게 정중히 고개를 숙였다.

"여기 항주의 풍운아들은 혈풍도대에 대해서 모를 테니까 소문주께서 설명해 주시겠습니까?"

용비 등을 '풍운아'라고 치켜세웠으나 사실은 쥐뿔도 모르는 밑바닥 하오배라고 멸시하는 비웃음이 깔려 있었다.

그런 면에서 그는 아직 확실한 결우당 사람이라고는 볼 수가 없다.

한정은 엄숙한 얼굴로 소선개를 똑바로 주시했다.

"말을 삼가세요."

'윽!'

소선개는 찔끔했다. 그리고 모두들 냉랭한 시선으로 자신을 주시하는 것을 발견하고는 얼굴이 화끈거렸다.

한정은 용비를 보면서 방금 소선개를 쳐다보던 엄숙한 표정하고는 천양지차인 부드러운 미소를 지으며 설명을 시작했다.

"절대십천에는 도합 십 등급의 신분이 있으며 그것을 절대십령(絶對十令)이라고 해요. 그중 육 등급인 절대육령(絶對六令)에는 세 개의 대(隊)가 있으며, 추혼검대(追魂劍隊), 질풍신대(疾風神隊), 혈풍도대예요."

혈풍도대 열 명이 항주에 들어왔다는 말에 한정과 수진랑은 뜻밖이라는 생각은 했지만 그다지 놀라지는 않았다. 그럴 수도 있는 일이기 때문이다. 혈풍도대가 천하 어디를 가든 이상한 일은 아닌 것이다.

그러나 용비와 소선개, 결우당 친구들은 광폭도에 대한 내막을 알고 있기 때문에 극도로 긴장했다.

한정과 수진랑은 분위기가 급속히 냉각되고 모두 심각한 표정인 것을 보고 뭔가 이상한 생각이 들었다. 그래서 어쩌면 자기들만 모르고 있는 뭔가가 있을지도 모른다는 의구심이 생겼다.

소선개가 심각한 얼굴로 말을 이었다.

"그들은 혈풍도대 제팔조의 고수들이며 항주에 도착하자마자 천추문과 신룡보를 비롯한 항주오세를 차례로 방문했다."

"개방 항주 분타에는 오지 않았느냐?"

"오지 않았다. 하지만 그들이 천추문을 방문할 때 우리 분타주를 불렀다."

용비의 물음에 소선개는 조금 일그러진 얼굴로 대답했다.

그는 평소 늘 싱글벙글 웃는 표정인데 지금 같은 상황에서는 울지도 웃지도 못하는 애매한 표정이다.

개방 항주 분타주가 혈풍도대에게 불려갔다면 그들이 항주에 온 목적을 알게 됐을 것이다. 또한 소선개는 조장이니까 나중에 분타주에게 들었을 것이다. 용비는 그걸 짐작하고 물었던 것이다.

"혈풍도대는… 커컥……."

소선개는 말을 하다가 목이 잠겨서 콜록거렸다. 그만큼 긴장하고 있는 것이다.

"광폭도와 건곤풍의 행방을 조사하러 왔다."

그는 그 말을 하고 나서 십 년은 더 늙어버린 듯한 얼굴이 돼버렸다.

'역시……'

용비는 착잡함을 금하지 못했다. 혹시나 했는데 역시였다.

그는 자신이 광폭도에게 협박을 당하고 있다는 사실을 사부 완사에게 털어놓았기 때문에 사부가 광폭도를 죽였다고 믿고 있다.

그래서 소선개와 손을 잡고 광폭도의 시체를 태워 버렸던 것이다. 그런데 일이 이렇게 커져 버릴 줄은 몰랐다.

용비는 절대십천에 대해서 자세한 것은 모른다. 알아야 할 이유가 없기 때문이다. 단지 천하제일문이며, 그곳의 열 명의 절대자가 천하 무림을 지배하고 있다는 정도만 알고 있을 뿐이다.

그는 자신이 죽을 때까지 절대십천 같은 어마어마한 세력하고는 아무런 연관이 없을 것이라고 여겼다. 아니, 그런 생각조차도 한 적이 없다.

"광폭도와 건곤풍이 항주에서 실종됐다는 거냐?"

아무것도 모르는 수진랑의 물음에 소선개는 더욱 심각한 표정을 지었다.

"그런가 보오."

수진랑은 손을 저었다.

"그런 것은 우리하고 상관없는 일이다."

"상관이 있을지 없을지 수 낭자가 어떻게 아오?"

소선개가 의미심장한 말을 했다.

"이놈, 침 튄다."

"엇?"

수진랑은 소선개가 자신의 뒤 머리 위에서 말을 하며 침을 튀기자 옆으로 슬쩍 밀쳤다.

소선개는 확 밀려서 쓰러질 듯 비틀거리다가 겨우 균형을 잡고는 못마땅한 듯 수진랑에게 한마디 내뱉었다.

"이거 같은 동료끼리 너무 심한 거……."

그러나 수진랑이 시퍼런 칼날을 얼굴 앞에 세우고 슬쩍 쏘아보자 소선개는 두 손을 합장하고는 허리를 굽실거렸다.

"더 심하셔도 됩니다요. 네."

"선개."

"왜?"

용비가 갑자기 조용한 목소리로 부르자 소선개는 불길한 예감에 움찔했다.

"광폭도의 일을 랑이와 소문주에게 얘기해야겠다."

"옛?"

소선개는 화들짝 놀랐으나 곧 심각한 표정을 지으면서도 용비를 말리지 않았다. 일이 이쯤 됐으면 더 이상 숨기는 것이 의미가 없기 때문이다.

광폭도가 죽던 날 밤의 일에 대해서 용비가 간략하면서도 핵심만 설명해 주었다.

한정과 수진랑은 전혀 예상하지 못했던 일에 너무 놀라서 한동안 아무 말도 하지 못했다.

절대십천의 인물이 죽었다는 것, 그리고 그 일에 용비가 개입되어 있다는 사실 때문이다.

잠시가 지난 후에 수진랑이 굳은 표정으로 용비에게 물었다.

"누가 광폭도를 죽였지?"

용비는 묵묵히 고개를 가로저었다. 하지만 수진랑은, 아니, 한정도 그가 뭔가 알고 있을 것이라는 느낌을 감지했다.

절대십천의 인물인 광폭도를 누가 죽였느냐는 것은 매우 중요하다.

그리고 광폭도의 시체를 태워서 감쪽같이 증거를 없앤 일도 그것만큼이나 중요하다. 절대십천을 상대로 증거를 말살시켰기 때문이다.

한정이나 수진랑, 세 친구는 소선개가 광폭도의 시체를 태울 수밖에 없었던 당시의 상황을 어느 정도 이해했다.

그 당시에 소선개는 용비와 사우당에 보호비를 뜯어내려고 괴롭히는 중이었다.

그때 광폭도가 용비에게 접근해서 천추문 숙객당에 대해서 조사해 달라고 요구했다.

광폭도는 그 대가로 은자 오백 냥과 소선개를 죽여주겠다고 했다. 그야말로 전격적인 제안이었고, 용비는 시간을 벌기 위해서 생각할 시간을 달라고 했다.

그런 상황에서 광폭도가 죽어버렸기 때문에 그의 죽음이 알려지면 소선개로서는 충분히 의심을 살 만했다.

그렇지만 용비가 광폭도의 시체를 없애는 일에 관여했다는 것이 좀처럼 이해가 되지 않았다.

그가 자신을 괴롭히는 소선개를 위해서 그런 일을 도왔을 리가 만무하다.

또한 영리하고 냉철한 그가 엉겁결에 그랬을 것이라고는 더더욱 생각할 수가 없다.

필경 무슨 이유가 있을 것이다. 하지만 그는 입을 굳게 다문 채 거기에 대해서는 아무 말도 하지 않고 있다.

분위기가 가라앉자 소선개가 어정쩡한 자세로 다시 보고를 시작했다.

"광폭도는 이곳에 혼자 오지 않았다. 건곤풍이라는 인물과 함께 왔어. 그런데 그자도 행방이 묘연해."

"그런데 광폭도와 건곤풍이라는 작자들이 항주에는 무엇하러 온 거지?"

가만히 있던 요조가 미간을 좁히며 묻자 소선개는 고개를 가로저었다.

"모른다. 혈풍도대가 그것을 말해줄 것 같으냐?"

"선개, 건곤풍이 어떻게 생겼는지 아느냐?"

용비가 불쑥 묻자 소선개는 품속을 뒤적이더니 꼬깃꼬깃한 종이 한 장을 꺼내서 펼쳤다.

"혈풍도대에서 분타주에게 준 것을 우리가 필사해서 한 장씩 나누어 가졌다. 자, 이게 건곤풍이라는 작자야."

거기에는 머리에 상투를 틀고 쭉 찢어진 눈이 날카롭게 치켜 올라갔으며, 뾰족한 턱과 얄팍한 입술을 지닌 사십대 초반의 사내 모습이 그려져 있었다.

'이자는?'

순간 용비의 눈앞에 어떤 사내의 모습이 나타났다. 그가 호신도 속에서 튀어나올 때 찰나지간 봤던 사내의 모습이 틀림없다. 그는 그자의 모습을 똑똑히 기억하고 있다.

'이런……'

그림 속에서 튀어나오기 전에 사내가 득의하여 중얼거리는 말을 용비는 들었다.

"흐흐, 전설의 만절사신도(萬絶四神圖)를 내 손에 넣게 될 줄이야."

그자는 분명히 그렇게 말했다. 그런데 그자가 건곤풍이었다니……. 그리고 용비가 그자의 얼굴 가운데 구멍을 뚫어 즉사시켰다.

용비가 구겨진 종이에 그려진 건곤풍의 모습을 너무도 심각하게 뚫어져라 주시하고 있자 모두 입을 다문 채 그를 쳐다보았다.

이윽고 용비는 종이를 탁자에 내려놓고 나서 나직하게 한숨을 토하며 조용히 중얼거렸다.

"후우, 내가 이자를 죽였다."

원래 오늘 천붕호는 남관구 포구에서 상류로 이십여 리 거리에 있는 부양현(富陽縣)의 부양포구까지 갈 예정이었다.

천붕호 정도의 크기라면 최소한 이십 명 정도가 몇 달이라도 숙식을 하며 생활하는 데 큰 불편함이 없다.

하지만 돈이 없는 것도 아닌데 그렇게까지 사서 고생할 필요가 없다고 생각했다.

생활은 천붕호에서 하되 가끔씩 땅에서 지내기도 하는 것이 좋을 듯해서 항주에서 멀찍이 떨어진 전당강 상류 부양현에 집을 한 채 장만하려고 한 것이다.

하지만 용비가 자신이 건곤풍을 죽였다고 폭탄선언을 하는 바람에 집을 구하는 것은 다음으로 미루고 배를 돌려 남관구 포구로 돌아가기로 했다.

용비는 사부 완사에 대한 것을 더 이상 감추고 있을 수가 없게 되었다.

일이 이렇게 커져 버린 데다 모두 용비가 무언가 중요한 내용을 말하지 않았을 것이라고 생각하는 눈치다.

그게 아니더라도 모두를 속이는 것 같아서 용비는 마음이 편하지 않았다.

그래서 결국 털어놓았다. 누구에겐 말하고 누구에게는 감추는 것이 싫어서 모두가 있는 곳에서 사부에 대해 차근차근 설명했다.

하지만 사부 완사가 남긴 무공에 대해서는 끝까지 비밀을 지켰다.

즉, 만절사신도 네 장의 그림과 그림에 얽힌 비밀, 용비 자신의 오른팔에 새겨져 있는 문신 모양의 사신검, 삼원심법의 삼강과 사강에 대한 것이다.

그가 천추문 숙객당의 완사에게 의술과 그림 따위를 배웠다는 것을 현도 등은 잘 알고 있다.

하지만 한정과 수진랑, 소선개로서는 처음 듣는 얘기라서 적잖이 놀랐다.

특히 완사가 용비를 광폭도로부터 구해주기 위해서 그를 죽이고 나서 홀연히 사라졌다는 용비의 추측에 크게 놀라면서도 모두 공감했다.

그래서 사부 완사가 용비를 위해서 광폭도를 죽였고, 용비가 그것을 감추기 위해서 소선개와 합작하여 광폭도의 시체를 태워 버렸다는 것으로 결론이 났다.

하지만 용비는 자신이 건곤풍을 죽인 방법과 장소 등에 대해서는 말하지 않았다.

그것을 말하려면 그림 속에서 무공을 배웠다는 사실을 말해야만 하기 때문이다. 그것을 비밀로 하더라도 현재로선 크게 문제될 것이 없다.

그 사실을 알고 있는 사람은 한정과 수진랑뿐이다. 그녀들은 그 사실을 절대 발설하지 않을 것이다.

딸랑딸랑.

용비의 설명을 듣고서도 모두 별다른 대책도 세우지 못하고 탁자 둘레에 망연하게 앉아 있을 때 막막이 저녁 식사를 하라면서 주방의 작은 종을 울렸다.

용비는 막막이 화봉 옥연의 첩자가 아니라고 확신하기 때문에 그녀가 결우당을 따르겠다고 하자 선선히 허락해서 데리고 나왔다.

천붕호 전체의 청소와 허드렛일, 그리고 모두의 세 끼 식사를 준비하고 또 포구에서 장을 봐오는 일 등을 막막 혼자서 하는 것은 힘든 일이지만 지금으로선 그녀 혼자 할 수밖에 없는 실정이다.

그런데도 그녀는 힘들다는 말 한마디 하지 않고 언제나 생글생글 미소 지으며 자신의 일에 충실했다.

용비는 저녁 식사를 하기 전에 잠시 머리를 식힐 생각에 갑판으로 올라가서 강바람을 쐬었다.

뭍에서는 아직도 바람이 후덥지근한데 강바람은 차갑고 물기가 배어 있어서 난간에 잠시 서 있으니까 몸과 정신이 상쾌해졌다.

혈풍도대가 광폭도와 건곤풍의 실종 사건에 대하여 항주에서 대대적으로 조사를 하고 있다는 것은 용비로선 불안하기 짝이 없는 일이다.

절대십천은 무슨 일이 있어도 광폭도와 건곤풍의 일을 포기하지 않을 것이다.

달리 절대십천이 아니다. 또한 그들이 운이 좋아서 천하 무림을 지배하고 또 그 위에 군림하고 있는 것이 아니다.

그만큼 막강하고 치밀하므로, 그래서 완벽하기 때문에 아무도 쓰지 못하는 '절대'라는 이름으로 불리는 것이다.

천추문이나 신룡보만 해도 항주 일대에서는 나는 새도 떨어뜨리는 위세를 지니고 있다.

하지만 그들도 절대십천에 비하면 조족지혈, 말 그대로 새 발의 피라고 할 수 있다.

절대십천은 이번 일을 절대로 포기하지 않을 터이다. 무슨 수를 써서라도 끝장을 보고야 말 것이다.

일반 방, 문파의 사람이 실종된다고 해도 난리가 벌어질 텐데 절대십천의 인물이 사라졌으니 당연한 일이다.

더구나 절대십천이 천추문과 신룡보를 비롯한 항주오세를 총동원해서 조사를 벌인다면 용비와 결우당의 숨통을 조이게 될 것이다.

결우당의 활동은커녕 아직 발족도 하지 못한 천붕양행마
저도 잔뜩 웅크리고 있어야 할 터이다.

문득 용비의 얼굴이 어두워졌다. 건곤풍이라고 짐작되는
자의 시체를 천추문 한정의 방에 그냥 내버려 두고 왔다는 사
실을 기억해 냈기 때문이다. 그처럼 중요한 일을 이제야 기억
해 내다니 실로 답답할 일이다.

'천추문에서는 건곤풍의 시체를 어떻게 했을까?

건곤풍의 시체를 한정의 방에 놔두고 왔으므로 당연히 천
추문주 등이 시체를 보고 그의 신분을 밝혀냈을 것이다. 천추
문 정도의 대문파가 그것을 모를 리 없다.

그리고 천추문은 마땅히 건곤풍의 시체를 혈풍도대에게
내주었을 것이다. 그러지 않을 이유가 없다.

아니, 어쩌면 천추문이 절대십천에 연락을 했기 때문에 혈
풍도대가 갑자기 항주에 온 것인지도 모른다.

'천추문은 내가 건곤풍을 죽였다는 사실을 알고 있을까?

그 당시 용비는 건곤풍을 죽인 직후에 천추문주가 한정의
방에 온 것을 알고는 창을 부수고 달아났었다.

그때 한정은 용비의 이름을 울부짖으면서 뒤쫓았으니 모
두 조금 전까지 한정의 방에 그가 있었을 것이라고 짐작했을
것이다.

'그렇다면 내가 건곤풍을 죽였다는 사실을 천추문이 알게

되었고, 그 사실을 혈풍도대에 알렸다면?

만약 용비의 불길한 추측이 맞는다면 그것은 어떻게 손을 써볼 수도 없는, 그야말로 천길만길의 벼랑 끝에 서게 되는 상황에 처한 것이다.

문제는 천추문이 그 사실을 혈풍도대에 알렸는지 아닌지의 여부인데, 용비는 알렸을 것이라고 짐작했다. 알리지 않을 이유가 없기 때문이다.

용비가 아무리 천추문의 소문주 한정의 생명의 은인이라고 해도 천추문으로서는 용비를 위해서 절대십천을 기만하는 모험은 하지 않을 것이다.

그렇다고 해서 천추문을 원망할 수는 없다. 그들로서는 어쩔 수 없는 조치다.

천하에 대저 뉘라서 절대십천을 상대로 사실을 감추려는 행동을 할 수가 있겠는가.

"용 공자."

그때 뒤에서 한정의 조용한 목소리가 들렸다. 생각에 몰두하느라 그녀가 다가오는 줄도 몰랐다.

"말씀드릴 것이 있어요."

두 사람은 강바람을 정면에서 맞으며 나란히 섰다.

"혹시 천추문에서 사부님께 시서화무(詩書畵舞)를 배우는 다른 사람에 대해서는 듣지 못하셨나요?"

“시서화무?”

“네.”

한정은 아름다운 모습으로 말끄러미 용비를 바라보았다.

사부 완사가 이따금 용비에게 해준 말이 있다. 천추문 숙객당에 자신을 찾아오는 사람이 용비 말고 한 사람이 더 있다는 내용이었다.

하지만 그가 누군지, 또 무엇을 배우는지에 대해서 사부는 말해주지 않았고, 용비도 묻지 않았다.

그렇지만 그에 대해서 궁금증을 갖기는 했다. 어쩌면 사부가 용비 자신 말고 또 한 명의 제자를 거두었을지도 모른다는 추측도 했다.

“들었소.”

용비는 고개를 끄덕이며 한정을 똑바로 주시했다. 그녀가 그 사실을 알고 있다는 것이 뜻밖이었다.

그래서 혹시 숙객당에 사부를 찾아오는 또 한 사람이 한정이 아닐까 추측했다. 그러고는 내심 적잖이 놀랐다. 사부를 찾아오는 또 한 사람이 한정일 것이라고는 꿈에서도 생각하지 못했던 일이다.

“그 사람이 바로 소녀예요.”

한정이 용비의 시선을 마주 쳐다보지 못하고 눈을 살며시 내리깔며 고즈넉이 말하자 용비는 짐작은 하고 있었으나 놀라움을 감추지 못했다.

그러자 그의 몸과 얼굴에서 짙은 안개 같은 살벌함이 으스스하게 흘러나왔다.

"소문주 그대가?"

"놀라셨죠?"

한정은 그를 바라보며 미소를 지어 보였다. 놀라움과 긴장을 애써 감추는 얼굴이다.

또한 용비가 이렇게 진지한 표정을 지을 때면 으스스하고 오싹한 분위기가 폭풍처럼 뿜어지는데도 그것을 참으면서 똑바로 바라보려고 애썼다.

"조금 전에 완백(完伯)의 제자가 용 공자였다는 말을 듣고 소녀도 무척 놀랐어요. 상상도 못했던 일이에요. 그래서 지금도 믿어지지 않아요."

'완백'이란 한정이 완사를 백부로 부르는 호칭이다.

용비와 한정은 잠시 서로를 마주 바라보았다. 말은 없지만 수많은 의미가 눈빛으로 오고 갔다.

"사부님께서 소문주를 제자로 거두셨소?"

한참 만에 용비가 물었다. 사부가 제자를 한 명 더 거두었다는 것에 대해서 질투나 시기 따위는 하지 않는다. 단지 한정이 사부에게 무공을 배웠는지 궁금할 뿐이다. 그리고 만약 한정이 사부의 제자라면 용비하고는 사형제지간이 된다. 좋으면 좋았지 나쁠 것이 없다.

한정은 살래살래 고개를 가로저었다.

"아니에요. 소녀는 단지 완백께 시서화무를 배우러 다녔을 뿐이에요. 소녀는 몇 차례 제자로 거두어달라고 청을 했으나 그때마다 완백께서는 완곡하게 거절하셨어요."

그녀는 용비를 말끄러미 바라보았다. 한두 번 용기를 내서 바라보니까 그가 뿜어내는 괴이쩍은 분위기에 조금씩 내성이 생기는 것 같았다.

"무공은 본 문에서 배우는 것만으로도 충분해요. 소녀는 완백을 시서화무의 스승으로 생각하고 있어요."

하지만 그녀는 완사를 과소평가했었다. 아니, 그가 무공을 할 줄 안다는 자체를 모르고 있었다.

그래서 그가 광폭도를 죽였을 것이라는 용비의 말을 듣고 크게 놀랐던 것이다.

용비는 완사의 정식 제자이고 한정은 제자는 아니지만 제자나 다름없이 완사에게 시서화무를 배웠다. 그래서 두 사람은 완사가 자신들을 보이지 않는 질긴 끈으로 묶은 것 같은 느낌을 받았다.

어쩌면 그래서 천목산에서 용비와 한정이 그런 이상한 인연으로 맺어졌는지도 모른다는 생각마저 들었다.

"사부님에 대해서 알고 있는 게 있소?"

한정은 쓸쓸한 표정으로 고개를 가로저었다.

"소녀는 여섯 살 무렵부터 우연한 기회에 완백을 알게 되어 그분께 시서화무를 배웠으나 그분에 대해서 아는 것은 전혀 없어요. 단지 완백께서 천하에 모르는 것이 없을 정도로 박학다식하다는 것 말고는……."

여섯 살 때부터라면 그녀는 장장 십이 년 동안 완사를 알아 왔다는 것이다.

"그분이 어디로 갔을지 짐작 가는 곳도 없소?"

"네."

"음……."

용비는 착잡한 표정으로 노을이 지고 있는 멀리 강 상류 쪽을 바라보았다.

한정은 그의 옆에 서 있는 것만으로 그가 얼마나 사부를 그리워하는지 느껴지는 것 같았다.

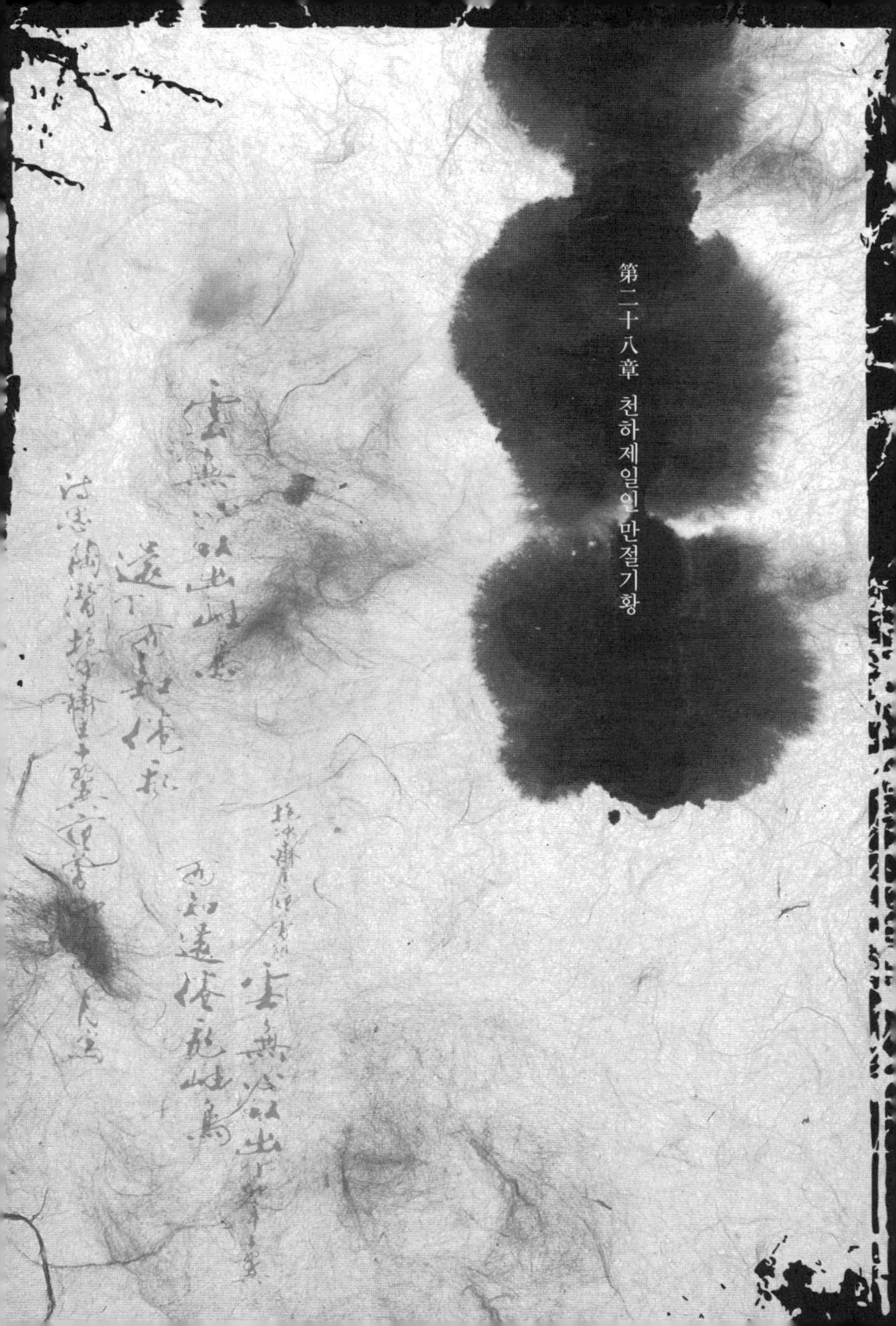

第二十八章 천하제일인 만절기황

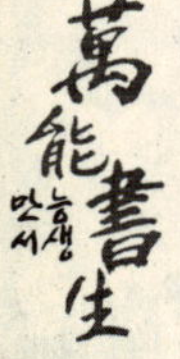

저녁 식사 후에 용비는 한정과 수진랑 두 소녀만 천붕호의
뒤쪽 갑판으로 불러서 한 가지 사실을 알려주었다.

자신이 천추문 한정의 방에서 그림, 즉 호신도에서 나오는
순간 건곤풍을 발견하고 그를 한주먹에 죽였던 일을 자세히
설명했다.

그 얘기를 그녀들에게만 해주는 까닭은, 그녀들이 용비가
그림 속에 들어갔었다는 사실을 알고 있기 때문이다.

한정과 수진랑은 용비 좌우에 서서 진지한 표정으로 설명
을 들었다.

“너, 그림 속에서 무공을 배운 거야?”

용비가 설명을 끝내자 수진랑이 진지한 표정으로 물었다. 그녀는 그림 속에서 용비가 거대한 호랑이하고 어울리는 광경을 보면서 그가 무공을 배우는 것일지도 모른다고 생각했었다. 그것을 확인하려는 것이다.

“그래.”

“호랑이에게 배운 거야?”

“응.”

“무슨 무공인데?”

“호투신박이라는 거야.”

수진랑과 한정은 자신들이 짐작했던 것이 사실로 드러나자 적잖이 놀라고 또 흥분했다.

그러나 용비가 거기에 대해서는 더 말하고 싶어 하지 않는 것 같아서 그녀들은 애써 궁금증을 억눌렀다.

용비는 진지하게 물었다.

“천추문이 건곤풍의 죽음을 혈풍도대에게 말했겠지?”

그것은 지금으로선 가장 중요한 문제다. 한정과 수진랑은 심각한 표정을 지으며 잠시 생각하더니 둘 다 동시에 고개를 가로저었다.

“말하지 않았을 거야.”

“그러지 않았을 거예요.”

그녀들의 대답은 용비로서는 전혀 뜻밖이다.

수진랑은 단호하게 말했다.

"내가 알고 있는 사부님이라면 그런 경솔한 행동은 하지 않으셨을 거야."

한정도 진지하게 옹호했다.

"더구나 용 공자는 소녀의 은인이며 우리 두 사람이 연관되었기 때문에 아버님께서는 우리를 보호하기 위해서 혈풍도대에는 알리지 않으셨을 거예요."

"그런가?"

정말 그렇다면 용비로서는 숨구멍이 트인 것이다. 그리고 천추문주에 대해서 새롭게 생각하게 되었다.

소선개는 요조가 자신에게 준 주머니를 열어보고는 깜짝 놀랐다. 주머니 안에는 은자가 수북이 들어 있었다.

"이… 게 웬 돈이야?"

결우당의 자금을 담당하고 있는 자린고비 요조는 냉랭한 얼굴로 말했다.

"녹봉이다."

소선개는 너무 좋아서 입이 찢어져 귀 밑에 걸렸다. 결우당에서 돈을 받게 될 줄은 예상하지 못했기 때문이다.

"으햐아! 얼만데?"

"은자 백 냥."

소선개는 대충 눈으로 주머니 안의 은자를 계산하고는 서
둘러 품속에 갈무리했다.

"고맙다, 요조. 네가 최고로 예쁘다."

"아부하지 마라!"

딱!

"큭!"

요조가 발끝으로 소선개의 정강이를 걷어찼다. 얼마 전 같
으면 있을 수도 없는 일이다.

소선개는 절룩거리면서 밖으로 나가면서도 너무 좋아서
연신 헤벌쭉거렸다.

"으헤헤, 맞아도 좋다."

만약 그가 결우당 다른 사람들이 한 사람당 은자 십만 냥씩
나누어 가졌다는 사실을 알게 된다면 지금처럼 좋아하지는
않을 것이다.

사실 지난번에 용비는 화봉 옥연하고 돈을 흥정할 때 소선
개를 깜빡 잊고 육십만 냥을 요구했었다.

용비에게도 소선개가 동료라는 인식이 결여되어 있기 때
문에 벌어진 실수 아닌 실수였다.

나중에 그 사실을 알게 되었으나 뒤늦게 옥연에게 십만 냥
을 더 달라는 것을 할 수가 없었다.

그래서 어쩔 수 없이 소선개에게는 은자 백 냥으로 때우려
는 것이다.

천붕호가 남관구 포구 운송 구역에 닿자마자 소선개는 배
에서 내려 항주 성내로 향했다.

품속에 은자 백 냥을 담고 있는 그는 신바람이 나서 싱글벙
글 웃으며 달려갔다.

그는 항주에 들어와 있는 혈풍도대 제팔조 열 명의 행적에
대해서 조사하라는 용비의 명령을 받았다.

용비 등은 소선개가 가는데 내다보지도 않았다. 갑판 아래
선창의 예의 회의실에 모여 있기 때문이다.

모여 있기는 하지만 아무도 입을 열지 않은 지 벌써 일각이
지나고 있었다.

실내의 분위기만 무겁게 잔뜩 가라앉아 있을 뿐이지 달리
할 말이 없다.

그런데도 각자의 방으로 가지도 않았고, 수진랑은 천추문
으로 돌아갈 생각도 하지 않았다. 이렇게 모여 있으면 뭔가
방법이 있을 것 같아서다.

다들 생각에 골몰하고 있는데 낙혼과 요조는 답답하고 머
리가 깨질 것 같아서 미칠 지경이다.

두 사람은 생각하는 것하고는 거리가 멀고 무조건 행동으

로 옮기고 보자는 주의이기 때문이다. 그렇다고 결우당의 일원으로서 자리를 털고 일어날 수는 없다.

"비야."

그때 용비 맞은편에 마주 보고 앉아 있는 수진랑이 조용한 목소리로 침묵을 깼다.

그녀는 언젠가부터 늘 용비 맞은편에 앉는다. 한정이 없을 때는 그의 옆이 그녀의 자리였는데, 한정이 오고부터는 슬그머니 다른 자리로 옮겨 앉은 것이다. 수진랑은 많은 것을 한정에게 양보하고 있는데, 그것을 알고 있는 사람은 한정 한 사람뿐이다.

"한 가지 방법밖에 없는 것 같다."

결우당의 모두가 용비가 하자는 대로 무조건 따르는 사람이라면, 오로지 수진랑 혼자만 자기 목소리를 소신껏 내는 사람이다. 즉, 아니면 아니라고 바른 소리를 한다.

한정은 자신이 지금 생각하고 있는 것을 수진랑이 말할지도 모른다고 짐작했다.

한정 역시 아까 갑판에서 용비의 말을 들은 후에 아무리 곰곰이 궁리를 해봐도 해결책으로는 한 가지 방법밖에는 생각나지 않았다.

그러나 그것을 차마 용비에게 말할 용기가 없었는데, 지금 수진랑이 그것을 말하려는 것 같다.

“사부님을 만나라.”

수진랑은 거두절미하고 본론만 말했다.

그것은 또한 한정이 생각한 방법이기도 했다. 두 소녀는 천추문주에 대해서 너무도 잘 알고 있기에 그런 방법을 생각해 낸 것이다.

“천추문주를?”

용비는 약간 미간을 좁히면서 슬쩍 한정을 쳐다보았다.

“그래, 그 방법뿐이다.”

“그렇지만…….”

용비를 주시하는 수진랑의 눈빛이 사뭇 날카롭게 변했다. 하지만 그녀는 오로지 용비에게만 얼굴 앞에 칼날을 세우지 않는다.

얼굴 앞에 칼날이 서는 것은 그녀 스스로 하는 것이 아니라 저절로 그렇게 되는 것이다. 아마도 사람들에 대한 지나친 경계심 때문일 것이다.

하지만 용비만은 제외다. 그 이유는 그녀가 용비를 자신과 가장 가까운 사람으로 인정한다는 뜻일 것이다.

수진랑은 용비를 똑바로 주시했다.

“너 사부님의 별호가 뭔지 알아?”

“천추쌍협(千秋雙俠).”

용비는 그 정도만 알고 있다.

“어째서 쌍협이겠느냐?”

용비는 고개를 가로저었다. 그는 자신에게 필요한 지식만 알려고 하는 습관이 있다.

그가 천추문의 외겸인이었으나 천추쌍협이라는 별호의 뜻까지 알고 있어야 할 이유는 없었다.

수진랑은 꼿꼿한 자세로 손가락 두 개를 세웠다가 하나씩 접으며 똑 부러지게 말했다.

“의협(義俠), 정협(正俠). 그래서 쌍협이다.”

용비는 천추문주에 대해서 몰랐지만 비로소 ‘쌍협’이라는 의미를 알게 되었다.

그 말 한마디면 천추문주에 대해서 더 이상의 설명이 필요 없을 것 같았다.

“내가 세상에서 유일하게 존경하는 인물이 사부님이다.”

“좋아하는 사람은?”

그때 요조가 손톱으로 탁자를 톡톡 두드리면서 자다가 봉창 두드리듯이 불쑥 물었다.

“용비.”

수진랑은 거침없이 대답했다.

백연(白淵)의 소속은 혈풍도대 제팔조다. 팔조 내에서의 서열로 치면 다섯 번째, 즉 오위다.

그는 오늘 오후에 조장의 명령으로 개방 항주 분타주 일척
붕개를 만나러 갔었다.

이후 그는 항주 분타에 도착했으나 곧장 일척붕개를 만나
지 않고 은밀하게 주위를 배회했다.

어떤 장소에 도착하여 그곳의 지형이나 환경 따위를 자세
히 살피고 또 감시나 미행이 없는지 확인하는 것, 그리고 만
나러 온 대상이 무엇을 하고 있는지 염탐하는 행동은 혈풍도
대의 고수라면 누구라도 행하는 기본 원칙이다. 백연의 행동
은 그런 기본에 충실한 것이다.

둘러본 결과 백연은 감시와 미행, 별다른 수상함이 없다는
것을 확인했다. 그리고 항주 분타 안에서 분타주 일척붕개가
조장들을 모아놓고 점심을 먹으면서 무언가 일장 연설을 하
고 있다.

일척붕개는 광폭도와 건곤풍의 전신(傳神:초상화)을 조장들
에게 나누어 주면서 두 사람에 대한 흔적은 무엇이라도 찾아
오라는 명령으로 연설을 마무리했다.

백연은 조장들이 항주 분타 안에서 나오면 자신이 들어가
서 일척붕개를 만나려고 생각했다.

잠시 후에 조장들이 우르르 나왔다. 점심 식사 직후였기 때
문에 조장들은 근처 나무 아래 풀밭에서 휴식을 취하거나 어
슬렁거리며 게으름을 피웠다.

별로 눈에 띄지 않는 평범한 경장 무사 차림인 백연은 분타 입구로 걸어갔다.

그런데 그때 그의 시선을 끄는 사람이 하나 있었다. 방금 분타에서 나온 조장들 틈에 끼어 있던 작달막한 키에 둥글 넙데데한 얼굴의 조장인데 어디론가 부리나케 달려가고 있는 것이다.

점심 식사 직후라서 다른 조장들은 쉬고 있는데 그 혼자만 몹시 바쁜 일이 있는 것처럼 달려가는 것이 백연의 날카로운 눈에는 뭔가 좀 수상하게 보였다.

백연은 밑져야 본전이라 생각하고 그 조장을 미행해 보기로 마음먹었다.

개방 항주 분타주에게 혈풍도대 팔조장의 명령을 전하는 것은 나중이라도 상관없었다.

그 조장, 즉 소선개가 중간에 한 번도 쉬지 않고 달려간 곳은 전당강 남관구 포구였다.

얼마 후에 그는 포구의 목교에서 만난 수진랑과 함께 천붕호에 탔다.

그리고 그 광경을 멀지 않은 곳에 은밀하게 숨어서 백연이 지켜보고 있었다.

*　　　*　　　*

용비는 천추문주를 만나보라는 수진랑의 뜻에 따르기로 했다. 아니, 그것은 한정의 뜻이기도 했다.

평소에 용비는 자신의 뜻이 확고하지 않으면 절대로 행동을 취하지 않는 습관이 있었다.

하지만 지금은 예전의 상황하고 많이 달라졌다. 그는 성내 골목 언저리에서 벗어나 결우당과 천붕양행을 이끌고 있는 입장이다.

그러므로 자기 혼자만의 독단을 지양하고 옳은 말에는 귀를 기울여야 한다고 생각했다. 그리고 수진랑과 한정의 말에는 충분히 설득력이 있었다.

술시(밤 8시) 무렵 천붕호를 떠난 용비와 한정, 수진랑은 천추문에 가기 위해서 관도를 걸어가고 있었다.

항주 성내까지는 그리 멀지 않으므로 걸어서 가도 반 시진이면 충분히 천추문에 도착할 수 있을 터이다.

출발하면서부터 용비는 깊은 생각에 잠겨서 한마디도 하지 않았다.

천추문주를 만나는 것에 대해서 고민하는 것이 아니다. 고민한다고 해결될 일이 아니기 때문이다. 그렇다고 한정이 뭔가 해줄 것이라고 의지하는 것도 아니다. 지금 같은 대사(大事)에는 아무리 한정이라고 해도 용비를 돕는 일에 한계가 있을 것이다.

단지 천추문주가 그토록 정의롭고 사리 분별이 지혜로운 인물이라면 용비의 입장을 어느 정도 이해해 줄 것이라고 믿고 싶을 뿐이다.

"비야."

수진랑이 용비의 오른쪽에서 나란히 걸으며 침묵을 깨고 입을 열었다.

"호투신박이라는 것 말이야."

"응."

용비는 건성으로 대답했다.

"그림 속의 호랑이에게 배운 거야?"

"그래."

한정도 그것에 대해서 몹시 궁금했던 터라서 조용히 걸으며 귀를 기울였다.

수진랑은 어렵게 말을 꺼냈으니 아예 끝을 보려고 했다.

"그럼 다른 석 장의 그림 속으로 들어가서 무공을 배울 수도 있는 거야?"

용비는 고개를 끄덕였다.

"그럴 거라고 생각해."

"그 그림들, 사부님이 남기신 거야?"

"응. 사부님께서 몇 년에 걸쳐서 그 그림들을 그리시는 것을 내가 직접 봤다.”

거기까지 듣고 한정은 뭔가 기억이 날 듯 말 듯해서 눈을
깜빡이며 생각에 골몰했다.

“사람이 그린 그림 속에 들어가서 무공을 배우다니… 믿어
지지 않는 일이야.”

“전에 건곤풍이 중얼거리는 것을 들었는데, 그 그림을 만
절사신도라고 하더군.”

“아!”

골똘히 생각에 잠겨서 걷던 한정이 ‘만절사신도’ 라는 말
에 번쩍 떠오르는 것이 있어서 갑자기 멈춰 서며 소리쳤다.

수진랑도 크게 놀라는 표정을 지었다. 설마 자신들이 지금
얘기하고 있는 네 장의 그림이 만절사신도일 줄은 꿈에도 몰
랐기 때문이다.

용비는 한정을 쳐다보다가 의아한 표정을 지었다. 그녀의
얼굴이 더없이 창백해져서 혼비백산하고 있었기 때문이다.

“소문주, 왜 그러는 거요?”

용비가 묻는데도 한정은 대답을 하지 않았다. 아니, 못했
다.

그녀의 표정을 보면서 무언가에 엄청 기겁하고 있다는 것
을 알 수 있을 뿐이다.

그러나 무엇 때문에 그렇게 놀라는 것인지는 짐작조차 할

수가 없다.

하지만 수진랑은 안다. 조금 전에 용비가 '만절사신도'라고 말했을 때 모든 것을 알게 되었다.

한정의 커다란 눈이 한껏 커진 채 눈동자가 이리저리 구르며 신음 소리 같은 탄성이 흘러나왔다.

"맙소사! 완백이 만절기황이었어요."

'만절기황?'

용비는 흠칫 놀랐다. 용비는 무림에 대해서는 거의 모르지만 '만절기황'이 무엇인지, 아니, 누구인지는 알고 있다. 그 정도로 유명한 별호이기 때문이다.

만절기황 앞에 언제나 붙어 다니는 몇 가지 호칭이 있다. 천하제일인이나 영세제일인, 고금제일인, 우내제일인 등이 그것이다.

만절기황이 무림사를 통틀어서 가장 고강한 초절고수라는 사실에 대해서 이의를 제시할 사람은 아무도 없다.

용비의 놀라움은 서서히, 그리고 점점 더 크게 엄습했다.

"사부님께서 만절기황?"

"틀림없어요. 만절사신도가 그것을 증명하고 있어요."

한정이 두 주먹을 꼭 쥐고 확신에 찬 표정으로 말했다.

"만절사신도하고 만절기황하고 무슨 연관이 있소?"

용비는 그 둘 앞에 '만절'이라는 말이 붙어 있다는 것 말고는 짐작할 만한 것이 없다.

"전설에 의하면 말이죠."

한정은 눈을 초롱초롱 빛내면서 흥분을 가라앉히려고 애쓰면서 설명을 시작했다.

그녀가 알고 있는 내용은 무림에 너무나 널리 알려져 있는 유명한 일화라서 수진랑도 알고 있다. 하지만 그녀는 잠자코 들었다.

전설에 의하면 네 종류의 절세 무공이 담겨 있는 네 장의 그림이 있는데 그것을 만절사신도라고 한다.

하지만 네 장의 그림에 무엇이 그려져 있는지 본 사람은 단 한 사람뿐이다.

즉, 미래의 만절기황이다. 그가 그림을 보고 무공을 익혀서 만절기황이 되었기 때문이다.

물론 네 장의 그림에 어떤 절세 무공이 담겨 있는지, 그리고 어떤 방법으로 그것을 배우는지에 대해서는 일체 알려져 있지 않았다.

단지 그 무공을 익히기만 하면 천하제일인이 된다는 사실만이 알려져 있다.

오랜 옛날부터 무림인들은 천하제일인이 되려는 야심을 품고 만절사신도를 찾아 헤맸다.

그리고 만절기황이 출현한 이후에는 그에게서 만절사신도

를 탈취하려고 그를 찾아 헤맸다.

"사부님께서 만절기황이라니……."

설명을 다 듣고 난 용비는 넋을 잃고 망연히 중얼거렸다. 지난 사 년여 동안 아버지처럼 따랐던 완사가 천하제일인 만절기황이라니 믿어지지도 실감이 나지도 않았다. 마치 꿈을 꾸고 있는 것 같았다.

더구나 자신이 갖고 있는 네 장의 그림이 전설의 만절사신도이고 그중 하나인 호신도에 들어가서 무공을 배웠다는 사실은 더욱 믿어지지 않았다.

"완백께선 천하제일인 만절기황이 틀림없어요."

한정은 두 손을 맞잡고 꿈을 꾸는 듯한 표정을 지었다.

세 사람은 잠시 말을 잃고 그 자리에 서서 흥분과 놀라움을 가라앉히고 있었다.

그런데 그때 수진랑이 뭔가를 느끼고 재빨리 용비의 머리 위를 올려보다가 급히 외치며 어깨의 검을 뽑는 것과 동시에 몸을 솟구쳤다.

"위험해!"

창!

관도 변의 커다란 나무 위에서 하나의 검은 그림자가 걸터앉은 듯한 자세로 용비의 머리를 향해서 곧장 하강하는 중이었다.

쐐애액!

수진랑은 그자를 향해 쏜살같이 짓쳐 오르며 검을 그어댔다. 평소에는 냉철한 그녀가 지금은 상대가 누군지, 얼마나 고강한지에 대해서는 조금도 염두에 두지 않고 즉시 행동으로 옮기고 있다.

그것은 무슨 일이 있어도 용비를 보호해야 한다는 본능과 일념 때문일 것이다.

나무에서 뛰어내려 용비를 제압하려고 시도한 괴한은 혈풍도대의 백연이었다.

그는 귀신처럼 접근하여 맨손으로 용비의 혈도를 제압하려고 했으나 수진랑의 공격을 받고는 뒤늦게 어깨의 도를 뽑았다.

스긍—

상식적으로 보자면 그는 도를 뽑기도 전에 수진랑의 검에 목을 찔려야만 한다.

고수들의 싸움에서는 찰나지간이 승패를 결정짓는다. 그러므로 수진랑이 먼저 검을 뽑고 공격했다는 것은 이미 승기를 잡고 있다는 뜻이다.

쩌껑!

그러나 백연의 발도(拔刀)는 매우 빨라서 자신의 목을 찔러오는 수진랑의 검을 가볍게 쳐냈다.

"윽!"

뿐만 아니라 그 격돌로 수진랑을 허공으로 퉁겨 날아가게 만들었다.

그리고는 아무 일도 없었다는 듯 계속 용비를 향해 무서운 기세로 쏘아 내렸다.

만약 수진랑이 제때에 백연을 잠깐이라도 제지하지 못했다면 용비는 선 채로 고스란히 당하고 말았을 것이다.

용비는 백연의 존재는커녕 급습당하고 있다는 사실조차 모르고 있었다.

그 이유는 순전히 경험 부족 때문이었다. 사실 그는 인간보다 수십 배나 더 뛰어난 대신의 청력을 배웠다. 그뿐만이 아니라 대신의 모든 것을 배웠다

호랑이는 후각도 상상을 초월할 정도로 예민하다. 더구나 호랑이의 수염과 온몸의 털은 공기의 흐름이나 날씨, 최적의 공격 시기와 자세, 방어 요령, 공격에 대처하여 어떻게 피해야 하는지 따위를 감지하는 감각기관이다.

그것은 무공이 아니라 맹수의 본능이다. 용비는 호랑이보다 열 배 이상 뛰어난 능력을 지닌 대신으로부터 그 모든 것을 습득했다.

그러나 그는 아직 그것을 실전에서 어떻게 사용해야 하는지를 모르고 있다.

서툰 정도가 아니라 아예 써먹을 줄을 모르는 것이다. 싸움이라곤 흑룡가인 반아미와 몇 초식 나누어본 것이 전부이고 그때는 대신의 감각 기능 따위를 사용할 계제가 아니었기 때문이다.

호랑이는 평소에는 물론 휴식을 취하고 있을 때에도 자신의 모든 감각기관을 극도로 발동시키고 있다.

그러나 용비는 그것을 못하고 있다. 공력으로 일으키는 것이 아니라 단지 감각기관을 열기만 하는 되는데 그럴 계기가 없었다.

용비는 방금 전에 서 있던 곳에서 한정의 팔을 잡고 뒤로 미끄러지듯이 물러나는 중이다.

그러려고 행동한 것이 아니라 급습을 발견한 순간 몸이 본능적이고 무의식적으로 반응을 했다.

그는 자신에게 닥친 위기를 알아차린 순간부터 자신이 얼마나 빠르게 반응하고 있는지 깨닫지 못하고 있다.

한 번의 격돌로 수진랑을 관도 맞은편까지 퉁겨 날아가게 한 백연은 물러나고 있는 용비를 정확하게 겨냥하고 도를 그어 내렸다.

기왕지사 뽑은 도이기 때문에 용비의 팔 하나를 잘라서 제압하려는 의도다.

쉬아앙!

혈풍도대의 도수(刀手)들은 천추문주나 신룡보주보다 한 수 위의 실력자들이다.

더구나 비할 데 없이 빠른 쾌도(快刀)를 구사한다. 발도하는 것과 동시에 표적을 통째로 잘라 버리는 것이 바로 그들의 전형적인 수법이다.

파곽!

그런데 백연의 도는 땅을 찍고 말았다. 용비는 그로부터 이 장이나 더 물러나서 우뚝 서 있었다. 백연의 도가 빨랐다면 용비가 물러서는 것은 더 빨랐다. 그리고 그의 손에는 한정의 팔이 잡혀 있었다.

각진 얼굴에 짧고 검은 수염을 길렀으며 강인한 인상을 지닌 삼십대 중반의 백연은 오른손의 도를 땅을 향해 늘어뜨린 채 용비를 주시했다.

"네가 만절기황의 제자냐?"

용비는 대답하지 않고 백연을 쏘아보았다. 그러자 평소보다 몇 배나 더 지독한 섬뜩한 분위기가 폭발적으로 쏟아져 나갔다.

'헛!'

백연은 부지중 자신도 모르게 움찔했다. 놀라는 것은 자신도 어쩌지 못하는 본능적인, 그리고 무의식적인 행동이다. 그는 용비의 기도에 적잖이 놀랐다.

'음. 어린놈이 대단한 기도로군.'

아까 백연은 소선개를 미행했다가 그가 어느 배에 타는 것을 보고 그 배에 잠입하려고 했다.

그런데 백연이 목교에 발을 딛자마자 그 배는 이미 포구를 떠나 강으로 미끄러져 가고 있었다.

그래서 할 수 없이 배가 다시 돌아오기를 기다려 보기로 했다. 돌아오지 않으면 어쩔 수 없는 일이다. 그러나 포구까지 미행한 이상 빈손으로 돌아간다는 것은 역시 기분 좋은 일은 아닐 터이다.

개방 항주 분타에서 이상하다고 여겨 미행한 조장이 서둘러서 달려온 곳이 남관구 포구이고, 뭔가를 한참 찾는 듯하더니 아름다운 여고수를 만나 어느 배를 타고 홀연히 포구를 떠나 버렸다.

그것은 아무리 좋게 봐주려고 해도 그럴 수가 없었다. 뭔가 구린 냄새가 짙게 풍겼다.

개방 항주 분타주 일척붕개는 조장들에게 광폭도와 건곤풍의 행적을 최우선적으로 조사하라고 명령했었다. 그런데 소선개는 분타주의 최우선적 명령에도 아랑곳하지 않고 남관구 포구로 달려왔다.

그것은 그보다 더 급한 용무가 있다는 뜻이다. 백연은 그것이 무엇인지 알고 싶었다.

결국 백연의 인내가 결실을 이루었다. 그가 미행했던 소선 개와 소녀 여고수를 태우고 떠났던 배가 두어 시진 만에 다시 남관구 포구로 돌아온 것이다.

배가 도착하고 얼마 지나지 않아서 소선개가 희희낙락한 얼굴로 나와 관도 쪽으로 달려갔다.

백연이 소선개를 쫓을 것인가, 배를 급습할 것인가 잠시 생 각하고 있을 때 배에서 다시 일남이녀가 나오더니 항주 성내 로 향했다.

백연은 그들 중 한 소녀가 아까 소선개가 목교에서 만난 여 고수라는 것을 알아보고 그들을 뒤쫓기로 결정했다.

그는 쥐도 새도 모르게 일남일녀를 미행하다가 조금 전에 그들 세 사람으로부터 경천동지할 대화를 엿들었다. 만절기 황과 만절사신도에 대한 내용이다.

"네가 만절사신도를 갖고 있느냐?"

백연은 용비를 주시하며 다시 한 번 물었다. 그는 용비가 만절기황의 제자라고는 하지만 아직 어린데다가 조금 전에 급습했을 때 알아차리지 못했던 것으로 봐서 풋내기라고 판 단했다.

그러므로 언제든지 손을 쓰기만 하면 제압할 수 있을 것이 라고 믿었다.

또한 수진랑은 한 번 격돌해 봤으므로 별것 아니고, 한정도

마찬가지일 것으로 판단했다.

"너는 누구냐?"

용비가 침묵을 깨고 질문을 질문으로 답했다.

자신의 신분이나 실력에 대해서 자신만만한 인물들은 대개 거짓말을 하지 않고 당당한 편이다.

더구나 절대십천 혈풍도대쯤 되면 위세가 하늘을 찌르고도 남을 터이다.

"나는 절대십천의 혈풍도대 제팔조 백연이다."

'혈풍도대' 라는 말에 용비의 검미가 꿈틀했고, 한정과 수진랑은 깜짝 놀랐다.

세 사람이 똑같이 '혈풍도대' 라는 말을 들었지만, 용비는 살의(殺意)를 일으켰으며, 한정과 수진랑은 깜짝 놀랐다.

"건곤풍은 어디에 있느냐?"

백연이 세 번째 질문을 했다. 첫 번째는 '만절기황의 제자냐?' 고 물었으며, 두 번째는 '만절사신도를 갖고 있느냐?' 고 물었는데 용비는 대답을 하지 않았다. 백연은 그것을 시인하는 것으로 받아들였다.

조금 전에 용비는 '건곤풍이 만절사신도라고 말하는 것을 들었다' 고 말했다. 그것을 백연이 들었던 것이다.

그러나 그 역시 용비는 대답하지 않았다. 대답할 이유가 없기 때문이다.

백연은 조금 긴장했다. 용비 등이 강한 상대이기 때문이 아니라 자신이 너무 엄청난 사실과 맞닥뜨렸기 때문이다.

만절기황과 만절사신도를 찾는 것은 절대십천 최대의 과제이고 열 명의 절대자 모두의 숙명적 목적이다.

그런데 지금 백연의 눈앞에 만절기황의 제자이며 만절사신도를 갖고 있을 것으로 확신하고 있는 용비가 서 있으니 자연스럽게 긴장이 됐다.

백연은 더 이상 말하고 싶지 않았다. 이제는 용비를 제압하여 혈풍도대에 끌고 가기만 하면 된다.

第二十九章 진정한 실력

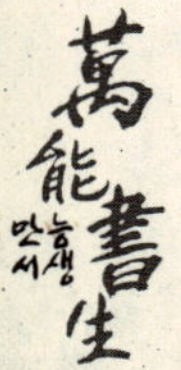

갑자기 용비는 전에는 느껴보지 못한 이상한 기분에 사로
잡혔다.

가슴이 뜨거워지면서 온몸이 팽창하여 터질 것 같은 힘이
넘쳤다. 그것은 바로 투지였다. 그는 지금까지 이런 기분을
한 번도 느껴본 적이 없다.

눈앞에 있는 혈풍도대의 도수, 즉 혈풍도수하고 일대일로
싸워보고 싶다는 투지, 혹은 패기가 걷잡을 수 없이 불타올랐
다.

그런 투지가 어디에서 기인하는지는 모른다. 하지만 싸우

면 이길 것 같았다.

자신과 친구들을 괴롭히는 혈풍도수를 짓이겨 놓을 수 있을 듯한 자신감이 넘쳤다.

한정과 수진랑은 용비의 좌우에 서서 검을 뽑아 쥐고 그를 호위하는 자세를 취했다.

두 소녀는 자신들과 용비가 합세하면 혈풍도수 한 명 정도는 상대할 수 있지 않을까 조심스럽게 예상했다.

아니, 설혹 상대할 수 없다고 해도 그녀들은 목숨을 바쳐서라도 용비를 지키려는 각오로 온몸이 팽팽한 긴장감으로 넘쳐흘렀다.

용비는 이 장 앞의 백연에게서 시선을 떼지 않고 쏘아보면서 두 팔을 뻗어 양쪽에 서 있는 두 소녀를 뒤쪽으로 슬쩍 밀었다.

그런데 그는 두 손바닥으로 그녀들의 풍만한 가슴을 덥석 잡고 뒤쪽으로 미는 모습이 돼버렸다.

하지만 그 자신은 그런 것을 전혀 몰랐고, 두 소녀도 지금 같은 상황에서는 조금도 개의치 않았다.

오히려 용비의 의도를 짐작하고 너무 놀라서 물러나지 않으려고 버텼다.

그러자 용비는 두 손에 더욱 힘을 주어 계속 밀었으며, 그녀들의 젖가슴이 이지러졌다.

“비야, 어쩌려고 그래?”

“용 공자, 안 돼요.”

두 소녀가 안타깝게 애원하듯 말하는데도 용비는 묵묵히 백연을 쏘아보면서 두 팔에 조금 더 힘을 주어 그녀들을 한 발자국 더 물러나게 만들었다.

그 정도면 그의 의지가 두 소녀에게 충분히 전달되었다. 물러서지 않고 혈풍도수와 일대일로 싸워보겠다는 강력한 의지다.

한정과 수진랑은 용비가 만절기황의 제자라는 사실과 호랑이 그림 속에서 무공을 배웠다는 사실을 조금 전에야 비로소 알게 되었다.

또한 그가 흑룡가인 반아미와 일대일로 싸워서 그녀를 제압했다고는 하지만, 혈풍도수와 반아미는 근본적으로 수준이 다른 상대라고 생각했다.

한정과 수진랑은 착잡한 표정으로 서로를 쳐다보았다. 그러면서 일단 지금은 물러서되 만반의 준비를 갖추고 있다가 언제든지 용비가 위급해지면 그를 돕자고 눈빛으로 의견을 교환했다.

백연은 용비 등이 하는 양을 묵묵히 지켜보면서 여유 있는 표정으로 기다려 주었다.

그들이 어떻게 나오든 무조건 제압할 수 있을 것이라고 확신하기 때문이다.

수진랑이 뒤쪽에서 용비의 오른손에 말없이 자신의 검을 쥐어주었다.

그러나 용비는 받지 않고 슬쩍 검을 밀어냈다. 자신에게는 사신검이 있기 때문이다.

사부 완사는 위험한 경우가 아니면 사신검을 사용하지 말라고 당부했으나 용비는 필요한 경우에는 사용할 것이라고 마음먹었다.

이제 와서 생각해 보니까, 사부는 용비가 사신검을 지니고 있다는 사실이 세상에 알려지면 제자가 위험에 빠질 것이라고 생각한 듯하다.

용비가 생각하기에도 사신검은 신비하면서도 강력하기 짝이 없는 무기, 아니, 신병(神兵)이다.

만절기황의 무기인 사신검을 용비가 지니고 있다는 사실이 세상에 알려지면 그걸 탈취하려고 무림인들이 벌떼처럼 몰려들 것이 분명하다.

하지만 사신검을 사용하여 상대를 죽여 버린다면 그 비밀이 새나갈 이유가 없다는 것이 용비의 생각이다. 사신검을 사용하게 되면 무조건 상대를 죽일 각오다.

그는 삼원심공의 사공을 끌어올려 두 팔과 온몸에 골고루 주입한 상태에서 느닷없이 백연을 향해 튀어나갔다.

슉!

용비는 무림의 일대일 싸움의 규칙이나 예의 같은 것은 전혀 모른다.

무림인하고 싸워본 적이 거의 없으므로 알 턱이 없다. 단지 자신이 준비가 됐으니까 공격하는 것뿐이다.

그것은 맹수 같은 것이다. 맹수는 먹잇감을 사냥할 때 예의나 격식을 갖추지 않는다. 덮쳐들어서 숨통을 끊어버리면 그걸로 끝이다.

'미친……'

백연은 가볍게 '어?' 하는 표정을 지었다. 설마 용비가 선공을 할 줄은 예상하지 못했기 때문이다. 그러나 곧 그의 입가에 가소로운 미소가 떠올랐다. 단 일도에 용비의 팔을 잘라서 본때를 보여줄 생각이다.

하지만 한정과 수진랑은 용비의 무모한 행동을 보고는 가슴이 철렁 내려앉으며 초조한 표정을 지었다. 그녀들은 용비를 몹시 걱정하고 있기 때문에 그가 무슨 행동을 하기만 하면 심장이 멈추는 것만 같다.

백연은 그 자리에 우뚝 선 채 오른손의 도를 들어 올리며 자신을 향해 곧장 부딪쳐 오는 용비를 주시했다.

그런데 한순간 백연의 입가에 떠올라 있던 가소로운 미소가 씻은 듯이 사라졌다.

용비가 자신을 향해 곧장 부딪쳐 오는 것을 계속 주시하고 있었는데 어느 순간 감쪽같이 시야에서 사라져 버렸기 때문이다.

백연 정도의 고수가 눈으로 주시하고 있는 적을 놓친다는 것은 말이 되지 않는 일이다.

그러나 길게 생각할 여유가 없다. 적이 사라졌다는 것은 공격으로 이어진다는 뜻이다.

'위다!'

전혀 기척도 느끼지 못하고 눈으로 보지도 못했으나 백연은 사라진 용비가 머리 위에서 공격해 오고 있을 것이라고 판단했다.

지금 같은 경우에 대다수 적은 머리 위를 공격한다는 사실을 오랜 경험으로 잘 알고 있기 때문이다.

쉐애앵!

그는 상체를 뒤로 번개같이 젖히면서 위를 향해 힘차게 도를 뿌렸다.

'없다.'

그러나 위에는 용비가 없었다. 대신 상체를 뒤로 한껏 젖힌 머리 쪽에서 하나의 그림자가 빠르게 다가오는 느낌을 감지했다.

그러니까 그쪽은 백연의 뒤다. 용비는 전방에서 쏘아오다가 사라져서 그의 뒤로 접근하고 있었던 것이다.

만약 용비가 무림고수들과 싸움을 많이 해봤다면 백연의 예측대로 그의 머리 위에서 공격했을지도 모른다.

하지만 그는 경험이 전혀 없기에 자기 편한 대로 공격하고 있는 것이다.

'그래도 네놈은 아직 늦다!

백연은 용비가 상식을 깨고 뒤에서 공격해 오는 것을 보고 조금 놀랐으나 지금이라도 충분히 그를 제압할 수 있을 것이라고 믿었다.

그는 허리를 뒤로 젖힌 자세에서 빙글 옆으로 몸을 뒤집어서 허리를 앞으로 굽힌 자세로 만드는 것과 동시에 용비를 향해 부딪쳐 가며 도를 맹렬히 그어댔다.

부악!

거리는 불과 일 장 반 남짓.

'절대 피하지 못한다!'

백연은 용비의 왼팔이 땅바닥에 나뒹구는 광경을 성급하게 상상하며 이것으로 이겼다고 생각했다.

과연 용비는 피하지 못했다. 그런데 백연은 용비의 입가에 흐릿하며 잔인한 미소가 머금어져 있는 것을 발견하고 어쩌면 그가 일부러 피하지 않고 계속 돌진해 오는 것일 수도 있다는 생각이 얼핏 들었다.

‘기분 나쁜 미소.’

이제 막 도에 용비의 한쪽 팔이 절단되는 감촉이 전해지려는 상황에 그는 한 가닥 알 수 없는 불길함을 느꼈다. 하지만 그의 도는 계속 베어가고 있었다.

후웅―!

‘으헛?

그 순간 백연은 한 줄기 푸른 빛줄기가 자신을 향해 똑바로 쏘아오는 것을 발견하고 움찔했다.

그것이 무엇인지 알기도 전에 그는 위험을 느끼고 다급하게 머리를 비틀어서 푸른 빛줄기가 오른쪽 어깨 곁으로 아슬아슬하게 스쳐 지나도록 했다.

푸른 빛줄기는 용비의 청룡공기다. 웬만한 고수였다면 이처럼 가까운 거리에서 피하지 못하고 몸이 관통됐을 텐데, 과연 절대십천의 혈풍도수다웠다.

청룡공기를 피하는 순간 용비와의 거리는 반 장으로 좁혀 들고 있었다.

그리고 백연의 도가 도광을 번뜩이면서 용비의 왼쪽 어깨를 그어 내렸다.

그런데 용비는 전혀 피할 생각을 하지 않고 부딪칠 듯이 계속 쏘아오며 오른손을 불쑥 내밀었다.

그것은 자신의 왼팔은 물론이고 오른팔까지 백연의 베어

오는 도에 맡겨 버리는 듯한 무모한 행동 같았다.

스읏.

순간 백연은 움찔했다. 용비의 오른손에서 먹물 같은 뱀 한 마리가 튀어나와 쏘아오고 있는 것이다.

용비의 오른팔에 휘감겨 있는 사신검이 튀어나가는 모습이 마치 한 마리 먹빛 뱀 같았다.

그런데 뱀이라고 생각했던 그것은 쏘아오면서 번쩍 묵광(墨光)을 뿜었다.

방금 뱀이라고 생각했던 것이 어느새 시커멓게 번쩍이는 번개로 돌변했다.

삭―

하지만 다음 순간 그것이 턱밑을 스쳐 지나면서 백연의 오른쪽 어깨를 싹둑 자를 때에는 한 자루 묵검(墨劍)으로 돌변해 있었다.

용비의 팔을 자르려던 도를 움켜잡고 있던 백연의 오른팔이 어깨에서 뚝 떨어졌다.

그러나 그 순간 백연은 앞으로 달려나오는 기세를 빌려 힘껏 오른손의 도를 휘두르고 있었다.

자신의 팔이 잘리는 것을 똑똑히 보고서도 용비의 팔을 자르려던 행동을 미처 멈추지 못한 것이다.

그 바람에 그는 균형을 잃고 크게 휘청거리면서 앞으로 고

꾸라질 듯한 자세가 됐다.

칵!

그때 용비의 왼발 발끝이 튀어나가 백연의 턱을 짧고 강하
게 올려 찼다.

뿌악!

백연의 목에서 머리가 떨어져 나가 쏜살같이 허공으로 솟
구쳐 올랐다.

그의 목에서 분수처럼 피가 뿜어지고, 쏘아 오르는 머리에
서도 피가 뿌려졌다.

풀썩!

백연은 왼발을 뻗은 자세를 취하고 있는 용비 바로 앞에 목
없는 모습으로 엎어졌다. 그의 목에서 흘러나온 피가 땅을 시
뻘겋게 물들였다. 그는 더 이상 가소로운 미소를 짓지 못하게
되었다.

슥.

용비는 천천히 왼발을 내리고 백연을 굽어보았다. 그의 눈
이 흥분으로 빛났다.

'굉장하다!'

그는 방금 일대일 싸움에서 전력을 다하지 않았다. 전력을
다하려고 마음을 먹었는데 그러기도 전에 백연을 죽여 버린
것이다.

또한 호신도 속에서 대신과 전력으로 박투를 벌였을 때의
채 절반의 실력도 발휘하지 않았다.

이 정도 실력인 줄 알았다면 구태여 사신검은 사용하지 않
아도 좋을 뻔했다.

'호투신박, 아니, 사부님의 무공은 최고로구나!

퉁.

그때 관도 저만치에서 무슨 소리가 들리자 용비와 한정, 수
진랑은 재빨리 그곳을 쳐다보았다.

십여 장쯤 떨어진 관도에 백연의 머리가 이제야 떨어져서
굴러가고 있는 것이 보였다.

한정과 수진랑은 용비의 엄청난 실력을 보다가 너무 놀라
서 넋이 반쯤 나가 버린 상태였다.

그런데 백연의 머리가 땅에 떨어지는 바람에 정신이 번쩍
들었다.

그러나 두 소녀는 우뚝 서 있는 용비를 바라보기만 할 뿐
아무 말도 할 수가 없었다.

혈풍도수라면 일류고수에서도 상급이다. 그런데 용비는
단 일 초식 만에 백연의 팔을 자르고 이 초식에 목에서 머리
를 떼어 날려 버렸으니 그저 놀랍고 경탄스러울 뿐 뭐라고 할
말을 잃어버렸다.

두 소녀는 혈풍도수와 싸우기 전의 용비와 싸우고 난 지금

의 용비가 전혀 다른 사람처럼 보였다.

침묵이 흘렀다. 용비가 뭔가 깊은 생각에 골똘하게 잠겨 있었기 때문이다.

"음, 이제야 알 것 같군."

잠시 후에 용비는 고개를 끄덕였다.

"무엇을 말인가요?"

한정이 의아한 표정으로 물었다.

"광폭도와 건곤풍이 무엇 때문에 항주에 왔었는지를 짐작할 것 같소."

"그래요?"

한정은 지금까지 벌어진 상황을 용비만큼 알고 있지만 거기까지는 짐작조차 못하고 있다.

용비의 눈과 얼굴, 그리고 몸에서 용암에서 뿜어지는 뜨거운 열기 같은 섬뜩한 분위기가 뭉클뭉클 흘러나왔다.

"그들은 사부님을 찾고 있었던 것이오."

"완백을요?"

"그렇소. 광폭도가 내게 숙객당에 묵고 있는 숙객들에 대해서 조사해 달라고 요구한 것이 첫 번째 증거요."

한정과 수진랑은 꽉 막혔던 머리가 트이는 것 같은 표정을 지었다.

"선개에게 시켜서 조사해 보면 알겠지만, 아마 광폭도와 건곤풍은 항주의 다른 방파와 문파의 숙객당에 대해서도 비슷한 방법으로 조사를 하고 있었을 것이오.”

한정과 수진랑이 고개를 끄덕이면서 이해가 간다는 듯한 표정을 짓는 것을 보며 용비가 말을 이었다.

“두 번째 증거는 이자요.”

그는 목이 떨어져 나간 채 죽어 있는 백연을 굽어보았다.

“이자는 날 보자마자 만절기황의 제자냐, 만절사신도를 갖고 있느냐고 물었소. 그리고 맨 마지막에 건곤풍에 대해서 물었소.”

“아…….”

한정의 입술 사이로 낮은 탄성이 새어 나왔다.

“그렇다면 절대십천이 완백을 찾고 있는 것이로군요.”

수진랑이 얼굴 앞의 칼날을 더욱 예리하게 빛내면서 중얼거렸다.

“결코 좋은 목적으로 그분을 찾는 것은 아닐 테지.”

용비는 지그시 어금니를 악물면서 주먹을 움켜쥐었다.

“사부님께선 그래서 훌쩍 떠나신 것이었어.”

사부 완사는 용비에게 광폭도에 대해서 듣고 난 후 그자를 죽이고는 홀연히 사라졌다.

*　　　*　　　*

술시(밤 8시) 무렵. 용비와 한정, 수진랑은 천추문의 숙수나 하인들이 사용하는 측문을 통해서 안으로 들어갔다.

측문을 지키는 무사들이 한정을 보고 놀라서 허둥거렸으나 그녀는 침착하게 그들을 진정시키고는 자신들이 온 것을 아무에게도 알리지 말라 이르고 숙객당으로 향했다.

천추문주 일족이 거처하는 중경으로 곧장 가는 것은 아무래도 위험하기 때문에 숙객당으로 가려는 것이다.

한정과 수진랑은 천추문주가 용비에 대해서 혈풍도대에 말하지 않았을 것이라고 굳게 믿고 있지만, 믿는다는 것과 현실이 다르게 나타나는 경우는 종종 있다. 세상일에는 예외라는 것이 있기 때문이다.

그러므로 최악의 경우에 용비를 보호해야겠다는 생각에 숙객당으로 가자고 한정이 제안했다.

그래서 일단 천추문주를 만나본 후에 그가 혈풍도대에게 아무 말도 하지 않았다는 사실을 확인하고 나면 그때 용비가 그를 만나는 방식을 택한 것이다. 그리고 거기에 수진랑도 찬성했다.

"아니, 그냥 문주에게 갑시다."

그런데 용비는 숙객당 앞을 지나쳐 가면서 말했다.

한정과 수진랑이 깜짝 놀라 양쪽에서 팔을 붙잡자 용비는 짧게 대꾸했다.

"문주를 믿는다는 두 사람을 믿고 싶소."

한정은 적잖이 감동을 받아 금세 눈이 촉촉하게 젖어들어 그를 바라보았다. 그가 목숨을 걸고 그녀를 믿겠다는 뜻으로 받아들인 것이다.

그러나 수진랑의 생각은 조금 달랐다. 방금 용비의 말이 자신감에서 나온 것이라고 생각했다.

수진랑이 용비의 친구가 된 후 계속 지켜본 바에 의하면 그는 하루가 다르게 변모하고 있다.

그녀가 처음 만났을 때 용비는 천추문 숙객당 주방 소속의 외겸인에 불과했다.

당시의 그는 수진랑에게도 잔뜩 겁을 먹고 어쩔 줄 몰라 전전긍긍했었다.

하지만 그때의 그는 수진랑에 비해서 상대적 절대 약자였다. 그녀가 조금 기분이 뒤틀렸다면 한주먹에 죽여 버릴 수도 있는 상황이었다.

그러나 그로부터 두어 달이 지난 현재의 그는 그때와는 반대로 오히려 수진랑을 한주먹에 죽일 수 있을 정도의 굉장한 실력자가 되었다.

아마도 그는 만절사신도 호신도 속에 들어가서 호랑이에게 무공을 배우는 과정에서 담력이나 자신감이 커진 것이 틀림없을 것이라고 수진랑은 생각했다.

"정말 괜찮겠어요?"

한정은 고마우면서도 걱정스럽게 물었다.

탁!

"가자."

수진랑이 용비의 어깨를 약간 세게 치며 활달하게 말했다.

그리고는 그의 궁둥이를 툭툭 두드리면서 한정을 보며 명랑하게 웃었다.

"하하! 이 녀석이 그런 생각을 하다니 꽤나 기특하지 않은가요?"

수진랑이 웃는 경우는 거의 없다. 그녀는 지금까지 살아오면서 웃어본 기억이 별로 없다.

하지만 용비를 만난 이후로는 이따금씩 웃게 된다. 흐릿한 미소나 입으로만 벙긋거리는 소리없는 미소지만, 용비가 그녀를 웃게 만드는 존재임에는 틀림이 없다.

지금 그녀는 마음속으로부터 진짜로 흡족하기에 소리 내어 웃는 것이다.

세 사람은 만(卍) 자 형 구조의 숙객당 남쪽 문 앞을 지나쳐서 그 끝에 있는 주방을 향해 나란히 걸어갔다.

주방 앞쪽 너른 마당 한옆에 패다 만 장작과 장작더미가 쌓여 있으며, 모탕에 도끼가 꽂혀 있는 광경을 용비는 무심한 시선으로 쳐다보았다.

저곳은 지난 사 년여 동안 그가 거의 매일같이 장작을 패고 허드렛일을 하던 장소다.

그곳을 쳐다보는 용비는 감회가 남달랐다. 얼마 전까지만 해도 하루 종일 저곳에서 일만 죽어라고 했던 자신과 지금의 자신을 자연스럽게 비교해 보았다.

그러나 그 시절을 후회하지는 않는다. 외겸인으로 일했기에 사부를 만나게 되었기 때문이다.

사부를 만나지 못했다면 그는 죽을 때까지 밑바닥 인생을 벗어나지 못하게 되었을 것이다.

어찌 보면 지금보다는 그 시절이 더 좋았던 것 같기도 하다. 그때는 비록 몸은 힘들었으나 마음만 먹으면 언제라도 사부를 만날 수 있었기 때문이다.

용비 등이 마당 쪽으로 난 주방의 문 앞으로 다가가고 있을 때 주방 안에서 한 사람이 젖은 두 손을 치마에 닦으면서 나왔다.

그 사람은 주방 내겸인 지연화였다. 오래전에 버렸어야 할 정도로 낡은 옷을 입고 발가락이 나오는 찢어진 헝겊 신발을 신은 그녀지만, 머리를 정갈하게 빗고 깨끗하게 세수를 한 싱그럽고 예쁜 용모였다. 그녀는 마치 흙탕물 속에 핀 한 송이 연꽃 같았다.

"아!"

문득 그녀는 가까이 다가오고 있는 용비 일행을 발견하고 깜짝 놀라 그 자리에 굳어버렸다.

용비를 바라보는 그녀의 두 눈은 커다랗게 떠졌으며 얼굴 가득 경악과 반가움이 떠올라 교차했다.

"귀야……."

용비의 본명을 모르고 그저 명귀로만 알고 있는 그녀는 바르르 작고 가녀린 몸을 떨면서 금세 두 눈에 눈물이 가득 고여 들었다.

"연화 누나."

용비는 빙그레 미소 지으면서 그녀에게 다가갔고, 한정과 수진랑은 말없이 그를 따랐다.

"귀야!"

지연화는 눈물을 흘리면서 자신이 들어도 놀랄 만큼 큰 소리로 용비를 부르며 그의 두 손을 덥석 잡았다.

눈물이 가득한 그녀의 눈에는 오로지 용비만 보일 뿐 한정이나 수진랑은 보이지 않았다.

용비는 키가 자신의 가슴까지밖에 차지 않는 지연화의 어깨를 말없이 미소 지으며 쓰다듬었다.

외겹인 시절의 그는 하루 종일 고된 일을 하다 보니 늘 배가 고팠다.

그런 그에게 지연화는 언제나 주방에서 남은 음식이나 맛있는 요리를 남겨두었다가 몰래 그에게 먹여주었다. 지독하게도 허기가 졌던 그 시절에 지연화가 아니었으면 용비는 영양실조에 걸렸을 것이다.

그뿐만이 아니다. 그녀는 용비의 머리에서 발끝까지 모든 것을 신경 써서 챙겨주었다.

지연화는 작고 가녀린 체구지만 늘 든든한 누나로서 용비의 바람막이가 되어주었다.

낳아주기만 하고 거들떠보지도 않은 친어머니 미령보다 비록 한 살 터울이지만 용비에게는 지연화가 더 어머니 같았다.

"누나, 나하고 가지 않을래?"

용비는 그녀를 결우당으로 데려가고 싶었다. 이제는 자신이 그녀를 챙겨줘야 할 때라고 생각했다.

"그래."

지연화는 어디냐고, 가서 무엇을 하느냐고 묻지도 않고 무조건 고개를 끄덕이는데 눈물이 후드득 떨어졌다. 용비와 함께 있을 수만 있다면 그곳이 지옥이라고 해도 그녀는 웃으면서 따라갈 것이다.

"진진도 같이 가면 안 될까?"

"누나 좋을 대로 해."

용비는 자신을 죽어라고 따라다니면서 사랑을 호소하는 소진진의 억척스럽지만 작고 귀여운 모습을 떠올리며 빙그레 미소 지었다.

"고마워, 귀야."

지연화는 그의 옷자락을 붙잡고 좋아서 어쩔 줄 몰라 했다.

천애고아인 그녀는 용비를 남동생처럼, 그리고 역시 자기처럼 고아인 숙객당 소진진을 여동생처럼 여겨서 둘 다 알뜰히 보살펴 주었다.

소진진을 혼자 놔두고 천추문을 떠난다는 것은 상상도 할 수 없는 일이다.

지금 용비는 바쁘지만 지연화를 소홀히 할 수는 없다. 그에게는 천추문주를 만나는 것이나 지연화를 챙기는 것이나 같은 비중이다.

"네가 언젠가는 꼭 나와 진진을 데리러 올 줄 알았어."

지연화는 눈물을 닦고 나서 다시 용비를 쳐다보려다가 그제야 한정과 수진랑을 발견하고 소스라치게 놀랐다.

"앗!"

지연화도 예전에는 소문주를 본 적이 없었으나 얼마 전에 한정이 숙객당 주방에 용비를 찾으러 직접 찾아왔을 때 처음 봤다.

수진랑은 그전에 역시 주방으로 용비를 찾으러 왔었다. 물론 그녀는 무공서 때문이었다.

　지연화는 용비가 어째서 소문주와 일대제자하고 함께 있는 것인지 생각할 겨를도 없이 한정 앞에 무릎을 꿇고 머리를 조아렸다.

　"소, 소인… 소문주를 뵈옵니다."

　먼저 수진랑이 혼자서 중경으로 천추문주 한성림을 만나러 갔다.

　"무슨 일이냐, 진랑아?"

　한성림은 아들 한무군, 두 명의 장로와 함께 심각한 대화를 나누고 있다가 수진랑의 방문을 받았다.

　한성림은 일대제자 중에서 세 사람을 특히 아끼는데, 그중에 수진랑이 끼어 있다.

　수진랑에게 있어서 한성림은 뭐라고 한마디로 설명하기 어려운 존재다. 아버지 같은 사부이고, 그러면서 또한 은인이다. 오늘의 수진랑을 있게 한 장본인이 바로 한성림이기 때문이다.

　지금으로부터 팔 년 전, 불과 열 살이었던 어린 수진랑은 무림고수가 되겠다는 목적 하나만을 품에 안고 무작정 천추문의 문을 두드렸다.

　그러나 정식으로 천추문의 제자가 되는 절차를 거치지 않

은 그녀는 전문 안으로 한 걸음도 들여놓지 못한 채 쫓겨나야
만 했다.

천추문의 정식 제자가 되려면 여러 가지 조건을 갖추어야
하는데, 그중 가장 중요한 두 가지는 명문가의 추천서와 최초
일 년분의 월사금(月謝金) 은자 만이천 냥을 선불로 내놓아야
하는 것이다.

천추문에서 무공을 배우려면 최하급인 오대제자가 매월
은자 천 냥씩의 월사금을 내야만 하며, 일 년치가 만이천 냥
인 것이다.

굉장한 금액이기 때문에 일반 백성은 천추문에서 무공을
배우는 일은 꿈도 꾸지 못한다.

그 정도로 항주에서의 천추문의 위세는 하늘을 찌른다. 그
럼에도 불구하고 천추문에서 무공을 배우겠다는 청년들이 돈
을 싸들고 몰려들어 매일같이 문전성시를 이루고 있는 실정
이다.

너무나도 가난에 찌들어서 먹고 죽을 독약을 살 돈도 없던
열 살짜리 어린 수진랑은 은자 만이천 냥은 고사하고 각전 한
냥, 아니, 한 푼조차도 없었다. 물론 명문가의 추천서 같은 것
이 있을 리가 없다.

그러나 수진랑은 무공을 배워야만 했다. 그것도 항주 일대
에서 가장 고강하다고 정평이 나 있는 천추문의 무공을 배워

야만 하는 피치 못할 사정이 있다.

그녀의 어머니는 오랜 세월 동안 병들어서 누워 있다. 옆에서 누군가 수발을 해주지 않으면 어머니는 꼼짝도 하지 못한 채 고스란히 죽을 수밖에 없는 신세다.

여태까지는 어린 수진랑이 구걸을 하든지 남의 집 허드렛일을 해주고 먹을 것을 얻어다가 전신마비나 다름없는 어머니를 부양했다.

하지만 수진랑은 급기야 병든 어머니를 혼자 놔두고 천추문으로 달려왔다.

만약 그녀가 천추문에 대한 소문을 더 일찍 들었다면 오래전에 달려왔을 것이다.

만약 천행이 따라주어서 그녀가 천추문의 제자로 거두어진다면 어머니를 버릴 수밖에 없다고 굳게 각오했다.

수진랑의 생각으로는 어머니가 그렇게 벌레처럼 사느니 차라리 죽는 것이 더 편할 것 같았다.

어머니를 미워해서가 아니라 목숨보다 더 사랑하기에 그런 생각을 한 것이다.

이승에서는 더 이상 어머니의 병을 고칠 방법이 없다. 아니, 약 한 첩조차 사드릴 힘이 수진랑에게는 없다는 말이 더 정확하다.

그리고 개죽보다도 못한 먹을거리로 어머니를 부양하는

것조차도 힘에 겨웠다.

무엇보다도 만신창이가 된 어머니 자신이 겨우 숨을 쉬면서 목숨을 부지하고 있는 자체가 힘들고 비참할 것이다. 그녀가 말을 할 수 있다면 제발 죽여달라고 애원했을 것이다. 그것을 어린 수진랑은 잘 알고 있었다.

그러므로 그렇게 사느니 아버지가 먼저 가신 하늘나라로 따라간다면 두 분이 그나마 행복할 것이라고 믿었다.

어쩌면 그것은 어머니를 포기하는 것에 대한 수진랑의 자기 위로인지도 모른다.

그리고 수진랑은 정말 기적적으로 천추문의 오대제자로 거두어졌다.

명문가의 추천서도, 일 년치 월사금 은자 만이천 냥도 내지 못한 그녀가 천추문의 제자가 된 것이다.

그것이 바로 천추문주 한성림이 열 살짜리 누더기 옷을 입고 천추문 전문 앞에서 무릎을 꿇고 울부짖고 있는 어린 수진랑에게 베푼 최초의 은혜였다.

"사부님, 드릴 말씀이 있습니다."

수진랑은 두 명의 장로와 한무군에게 포권을 해 보이고는 한성림에게 공손히 허리를 굽혔다.

잠시 후 수진랑은 한성림과 함께 전각 안의 어느 빈방으로 들어갔다.

"왜 그러느냐?"

혈풍도대의 일과 천추문 안 한정의 거처에서 건곤풍의 시체가 발견된 일 때문에 골머리를 썩고 있는 한성림이다. 하지만 아끼는 일대제자 수진랑의 행동이 뭔가 심상치 않음을 느끼고 진중하게 물었다.

수진랑은 한성림을 향해 공손히 서서 전음을 보냈다.

[사부님, 소문주께서 오셨습니다.]

그녀가 불쑥 말하자 한성림은 적잖이 놀랍고도 기쁜 표정을 지었다. 그러면서 그도 전음으로 화답했다.

[정아가 왔다는 말이냐?]

[용비도 함께 왔습니다.]

"뭐?"

한성림은 너무 놀라서 육성으로 탄성을 터뜨렸다.

수진랑이 움찔 놀라 주위를 두리번거리자 한성림은 놀란 중에도 그녀를 안심시켰다.

[괜찮다.]

[사부님, 혈풍도대는 어디에 있습니까?]

한성림은 수진랑이 혈풍도대에 대해서 알고 있다는 사실에 뜻밖이라는 표정을 지었다.

얼마 전에 혈풍도대가 천추문에 찾아왔으며 그 후에도 가끔 찾아오지만 그들의 신분을 알고 있는 사람은 천추문 내에서 손가락에 꼽을 정도이다.

더구나 수진랑은 방금 용비와 한정이 왔다는 사실을 한성림에게 알렸다.

그걸 보면 그녀는 한성림이 모르는 어떤 일, 즉 용비와 한정의 일에 개입되어 있는 것이 분명했다.

한성림은 여러 정황으로 미루어 용비가 건곤풍을 죽였을 것이라고 거의 믿고 있다.

단지 용비가 어떻게 건곤풍 같은 고수를 죽일 수 있었는지는 아직도 풀지 못한 숙제로 남아 있다.

[혈풍도대는 걱정하지 마라. 현재 그들이 어디에 있는지는 모르지만, 본 문에 없는 것만은 분명하다.]

한성림의 설명에 수진랑은 조금 더 긴장된 표정을 지었다.

[혹시 용비에 대해서 혈풍도대에게 말씀하셨습니까?]

그렇게 물으면서 한성림을 바라보는 수진랑의 얼굴에 긴장이 어른거렸다.

[아무 말도 하지 않았다. 건곤풍의 시신은 본 문의 은밀한 지하 석실에 감추어두었다.]

수진랑은 보일 듯 말 듯 안도의 표정을 지었다.

[반 시진 후에 사부님과 공자 두 분만 계실 때 다시 오겠습니다.]

[용비와 정아도 함께 오는 것이냐?]

[그렇습니다.]

한성림은 지금 당장 두 사람을 데려오라고 하지 않았다. 용비가 만나기를 원하는 사람이 한성림 자신인 것 같으므로 조금 전까지 대화하고 있는 두 장로를 자연스럽게 돌려보내려면 반 시진이면 충분할 것이라고 생각했다.

第三十章　만절기황의 제자

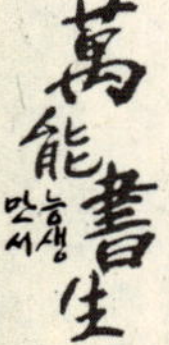

항주 성내에서 가장 유명하며 최고로 훌륭한 주루는 어느 누구라도 단연 보벽림(寶碧林)을 꼽는다.

또한 그곳은 항주 성내에서 가장 크고 높은 건축물이다. 오층 높이인데 삼층까지는 주루고 그 위는 객잔으로 사용하고 있다.

그중에서 오층은 특실이다. 그곳에서는 멀리 서호까지도 손에 잡힐 듯이 보인다. 그곳 어느 방에 아홉 명의 고수가 모여 있다.

그 방은 얼마 전에 광폭도가 사용했었다. 그리고 옆방을 건곤풍이 썼다. 그 두 명은 볼일을 보러 나갔다가 차례로 돌아오지 않았다.

"오늘 임시(王時:오전 11시) 이후 백연하고 연락이 두절됐다. 아직까지 그가 돌아오지 않는다는 것은 하나의 경우에만 가능하다."

혈풍도대 제팔조장 유혼도(幽魂刀)는 움푹 들어간 눈에서 날카로운 빛을 뿜어내며 중얼거리듯이 말했다.

그가 앉아 있는 탁자 주변이나 침상, 여기저기에 혈풍도대 제팔조 조원 여덟 명이 편안한 자세로 앉아 있거나 또는 서서 얘기를 듣고 있다.

팔조장 유혼도는 천천히 조원들을 둘러보면서 자욱한 안개를 뿜어내는 듯한 목소리로 말을 이었다.

"백연은 죽은 것이 분명하다."

유혼도를 비롯하여 조원들 모두 편안한 자세지만 얼굴은 굳어 있다.

한솥밥을 먹던 동료 백연이 죽었다고 단정하고 있기 때문이다.

"의견들을 말하라."

유혼도는 더 이상 말하지 않고 팔짱을 끼며 상체를 뒤로 젖혀서 조금 더 편안한 자세를 취했다.

조원들은 이런 상황에 익숙한 듯 동요하지 않았다. 그리고 곧 침상에 걸터앉은 조원 한 명이 턱을 쓰다듬으면서 조용한 목소리로 중얼거렸다.

"광폭도와 건곤풍을 죽인 자가 백연을 죽인 것 같습니다."

"음."

조장 유혼도는 가볍게 고개만 끄덕였다.

"그자는 아직도 항주에 있는 것이 분명합니다."

두 번째 의견은 벽에 기대어 서 있는 조원이 내놓았다.

"광폭도와 건곤풍이 그랬던 것처럼 아마 백연의 시체도 찾을 수 없을 것 같습니다."

조원들은 여태까지 벌어진 상황들을 두고 자신들의 의견을 소신껏 토로했다.

"흉수의 무위는 최소한 절대사령(絶對四令) 이상 수준일 것 같습니다."

유혼도 맞은편에 꼿꼿한 자세로 앉아 있는 중후한 체구에 수염을 기르지 않은 매끈한 턱의 소유자가 말했다.

"어째서 그렇게 생각하나?"

그자는 제팔조의 부조장 인효(寅曉)라는 자다. 겉모습으로는 유혼도보다 더 조장다운 풍채를 지녔다.

"흉수는 광폭도와 건곤풍, 그리고 백연까지 일 초식, 혹은 이, 삼 초식 안에 죽였을 겁니다. 만약 싸움이 길어졌다면 누군가 목격자가 있었겠지요. 목격자가 없다는 것은 흉수가 세 사람을 순식간에 해치웠다는 뜻입니다. 누군가 볼 겨를도 없이 말입니다.”

혈풍도대가 항주 성내와 인근을 샅샅이 뒤졌으나 광폭도와 건곤풍의 흔적은커녕 그들이 누군가에게 당하는 것을 목격한 사람조차 없었다.

부조장 인효는 생각하는 듯한 표정으로 말을 이었다.

“백연을 조사해 보면 알게 되겠지만, 시체는 물론 그가 싸우는 것을 본 목격자는 이번에도 나오지 않을 겁니다. 고로 백연 정도를 삼 초식 내에 죽일 수 있는 실력은 절대사령 수준이라는 것입니다.”

광폭도와 건곤풍은 절대십천의 십 등급, 즉 절대십령 중에서 칠령에 속하고, 혈풍도대는 육령이다.

그런데 부조장 인효는 흉수가 최소한 절대사령 이상의 수준일 것이라고 단정하고 있었다. 그리고 그의 추측은 충분히 일리가 있다.

인효는 유혼도를 향해 약간 고개를 숙여 보이면서 제안했다.

“제 생각에는 이번 사건을 해결하려면 본 천에 지원을 요청하는 것이 옳을 듯합니다. 우리 힘으로 흉수를 상대하는 것은 무리가……”

“그건 내가 결정한다.”

유혼도는 인효의 말을 자르고 다른 조원들을 둘러보았다.

"다른 의견은?"

"흉수는 광폭도와 건곤풍이 항주에 온 목적을 알고 있는 것 같습니다."

"흉수가 항주를 떠나지 않는 것으로 봐서 이곳에 뿌리를 내리고 있는 자 같습니다."

어설프게 말하는 조원은 한 명도 없었다. 하나같이 깊이 생각해 본 결과를 성심껏 말하고 있었다.

그리고 가장 치명적인 발언은 맨 마지막에 나왔다.

"조금 전에 조장은 백연하고 임시 이후로 연락이 두절됐다고 말했는데, 그가 어디에 갔던 거요?"

지금까지 말한 조원들은 조장 유혼도에게 매우 공손했는데 방금 말한 자는 말투나 목소리가 불손하고 예의를 전혀 지키지 않았다.

더구나 구석 쪽에서 들려온 졸린 듯 웅얼거리는 목소리는 여자의 것이었다.

유혼도는 실내의 구석을 보면서 대답했다.

"개방 항주 분타다."

그는 여자의 무례한 말투 따위는 개의치 않는 듯했다.

"흉수가 항주 분타하고 연관이 있다는 말이냐?"

"그렇게 간단할 거 같소?"

여자는 구석에 비스듬히 눕듯이 한쪽 다리를 뻗고 앉은 자세에 세워진 도를 어깨를 걸친 채 왼손으로 잡고 오른손으로는 술 호로병을 쥐고 있다.

다시 말해서 다들 진지하게 토론을 하고 있는데 그녀 혼자 술을 마시는 중이다.

"그럼 뭐지?"

유혼도는 침착한 표정으로 물었다. 조원 모두 조장에게 각듯한 데 비해서 제팔조의 유일한 홍일점인 여자의 행동은 방약무도 그 자체다.

유혼도는 너그러운 성품이 아니다. 그럼에도 불구하고 그가 여자의 형편없는 행동을 봐주는 데에는 필경 그만한 이유가 있을 것이다.

"백연은 항주 분타에서 무언가 의심할 만한 것을 발견했을 거요. 그래서 그걸 쫓아간 것이고, 그래서 흉수에게 당한 거지. 말하자면 백연은 무언가를 쫓아서 흉수 가까이에 접근하는 데 성공했는데, 혼자 처리할 수 있다고 깝죽거리다가 죽었다는 뜻이오."

여자는 긴 머리카락을 가지런히 어깨 아래로 늘어뜨린 삼십대 초반의 나이다.

그러나 아직 젊은 나이인데도 눈가와 입가에 잔주름이 자글자글했다. 그것은 그녀가 산전수전 다 겪었음을 대변해 주는 것이다.

"백연이 누굴 쫓아서 어딜 간 거지?"

"어이, 조장. 내가 점쟁이인 줄 아쇼?"

제팔조의 말단 십위인 여자 조오(祚吾)는 손등으로 입가의 술을 닦으면서 투덜거렸다.

과연 유혼도는 우물에 가서 숭늉을 내놓으라는 식으로 굴었다. 백연이 누굴 쫓아서 어디로 갔는지를 알아내면 사건은 금세 해결할 수가 있을 터이다.

하지만 조오의 말대로 그녀가 점쟁이가 아닌 이상 추측만으로 거기까지 알아내는 것은 무리다.

그렇더라도 조오는 아무도 생각하지 못하는 것을 지적했으며 또 어떻게 해야 하는지 방향까지 제시했다.

바로 그 부분이 조장 유혼도가 조오를 함부로 대하지 못하는 이유다.

조오는 제팔조의 우수한 두뇌다. 그리고 유혼도와 부조장 인효에 이어서 그녀의 무위는 조 내 세 번째다. 다만 팔조에 배속된 시기가 가장 늦어서 십위일 뿐이다.

그녀는 팔조에 배속된 지 이 년밖에 안 됐으나, 그녀로 인해서 여러 골치 아픈 사건들을 해결할 수 있었으며, 그 덕분에 제팔조는 혈풍도대 십 개 조 중에서 발군의 실력을 발휘하고 있다.

또한 팔조의 그동안의 실력을 인정받아서 이번 광폭도, 건곤풍 실종 사건을 해결하라고 항주에 보내진 것이다.

*　　*　　*

척!

문이 열리고 수진랑이 들어섰다.

탁자 앞에 마주 보고 앉아 있던 한성림과 한무군 부자는 약속이나 한 듯 벌떡 일어섰다.

수진랑이 안으로 들어와 한쪽 옆으로 비켜서자 용비와 한정이 나란히 들어섰다.

두 사람은 손만 잡지 않았을 뿐이지 마치 연인처럼 다정한 모습이다.

한성림과 한무군은 오랜만에 만나는 딸보다는 용비에게 먼저 시선이 향했다.

두 사람이 용비를 처음 보는 순간의 반응은 각기 달랐다. 한성림은 뜻밖이라는 표정을 지었으며, 한무군은 움찔 놀랐다가 노골적으로 눈살을 찌푸렸다.

물론 용비에게서 뿜어지고 있는 천성적인 섬뜩한 분위기 때문이었다.

경륜이 풍부하고 인품이 훌륭한 한성림은 사람을 본질 그

자체로 보기 때문에 용비가 풍기는 기도 같은 것에는 별로 신경이 쓰이지 않았다.

또한 그는 그것이 용비가 인위적으로 만들어내는 것이 아니라 천부적이라는 것을 간파했다. 그렇다면 더욱 용비를 탓할 일이 아닌 것이다.

그렇지만 아직 젊은 한무군은 용비를 보는 순간 그동안 그에게 품었던 기대나 환상 같은 것이 와르르 부서지는 것을 느꼈다. 기대가 크면 실망도 큰 법이다.

한정과 수진랑은 조금쯤 용비를 염려했다. 그는 얼마 전까지 천추문의 최하층 외겸인이었기 때문에 눈앞에 있는 천추문주와 소문주에게 위압감을 느끼지 않을까 해서다. 하지만 그것은 두 소녀의 지나친 기우였다.

용비는 고개를 가볍게 숙이며 나직한 목소리로 인사했다.

"용비입니다."

자신을 지나치게 낮추지 않으면서도 오만하지 않게 적당히 정중한 인사였다. 그가 천추문의 외겸인이었으며 상대가 천추문주라는 사실은 그에게 별다른 영향을 끼치지 않는 것 같았다.

만약 한성림이 한정의 부친이며 수진랑의 사부가 아니었으면 용비는 방금 같은 예의도 차리지 않았을 것이다. 그것을 두 소녀는 충분히 짐작할 수 있다.

"어서 오게."

한성림은 온화한 미소를 지으며 서슴없이 손을 내밀어 용비의 손을 잡고 탁자로 이끌었다.

"이리 앉게."

그 모습을 보면서 한정과 수진랑은 안도의 표정을 지었다.

실내의 탁자에 다섯 사람이 둘러앉았다.

천추문주 한성림과 아들 한무군이 나란히 앉아 있고, 맞은편에 용비와 한정, 수진랑이 앉아 있다.

딸과 제자인 한정과 수진랑은 당연히 한성림과 가까운 관계이면서도 용비 좌우에 앉았다.

그것은 그녀들이 용비하고 밀접한 관계라는 사실을 직접적으로 보여주는 것이나 다름없다.

한성림과 한무군은 나란히 앉아 있는 용비와 한정의 모습을, 그리고 한정이 용비를 바라보는 눈길에 사랑을 하고 있는 소녀가 담을 수 있는 모든 것이 담겨 있는 것을 보고는 둘의 관계를 어느 정도는 짐작했다.

그러나 한성림과 한무군은 용비가 제 발로 나타났다는 사실이 무엇보다 중요하기 때문에 그런 것에는 신경 쓸 경황이 없었다.

한성림은 용비에게 묻고 싶은 것이 있지만 그가 먼저 입을 열기를 기다렸다.

그런데 잠시가 지나도 용비는 아무 말도 하지 않았다. 사실 그는 무엇을 어떻게 말해야 할지 모르고 있었다. 한성림이 과연 얼마나 알고 있으며 또한 무엇을 알기 원하는지 모르기 때문이다.

총명한 한정은 용비의 마음을 읽고 그를 보며 방그레 미소를 지으며 물었다.

"소녀가 말씀드릴까요?"

용비는 말없이 고개를 끄덕였다. 한정은 용비에 대해서, 그리고 지금 상황에 대해서 거의 모든 것을 알고 있으며 또 말을 조리있게 잘하기 때문에 그녀가 말하는 것이 훨씬 나을 것 같았다.

그러나 한정이 말할 수 있는 내용은 많지 않았다. 아니, 단 한 가지뿐이었다.

그 외의 것들은 그녀의 권한 밖으로 용비에게 허락을 받거나 그가 직접 말할 것들이다.

"용 공자께서 건곤풍을 죽였어요."

이미 짐작했던 것이므로 한성림은 진중한 표정으로 고개를 끄덕였다.

그러나 이미 짐작했더라도 한무군은 그 사실을 믿지 못하는 표정이었다.

일개 외겸인이었던 용비가 건곤풍을 죽인다는 것은 개가 호랑이를 죽인 것이나 다름없는 상황이다.

"그럴 수밖에 없는 상황이었어요. 소녀의 방에 건곤풍이 갑자기 불쑥 들어왔거든요."

한정은 마치 자신이 본 것처럼 설명했다. 그녀는 용비가 그림, 즉 호신도에서 튀어나오다가 건곤풍을 죽였다는 말은 할 수가 없었다.

한성림은 용비가 무엇 때문에 이른 아침에 한정의 방에 있었는지에 대해서는 묻지 않았다.

하지만 한무군은 한편으로는 그것이 궁금했다. 어쩌면 두 사람이 함께 밤을 보낸 것이 아닌가 하는 의심쩍은 생각도 들었다.

그것은 누이동생을 끔찍하게 사랑하는 오빠로서 충분히 가질 수 있는 궁금증이다. 하지만 그는 용비를 뚫어지게 주시할 뿐 입을 굳게 다물었다. 부친이 함께 있는 이상 그가 할 말은 없다.

한성림은 담담한 표정이다. 지금 같은 상황이라면 돌덩이처럼 굳은 표정을 지어야 마땅하지만, 그럴 경우 분위기가 경색될 것이고 또한 상대를 지레 주눅이 들게 만들 수가 있기 때문에 담담한 표정을 유지하는 것이다.

“광폭도를 죽인 것도 자넨가?”

“아니에요.”

한성림이 용비에게 물었으나 한정이 대답했다. 그녀는 완벽하게 용비를 대변하고 있었다.

“누가 죽였는지는 말씀드릴 수가 없어요.”

이곳에 있는 한정은 한성림의 딸이 아니라 용비의 어린 아내처럼 행동했다.

한정이 입을 다물자 침묵이 흘렀다. 한성림은 마치 타인처럼 돼버린 딸을 바라보면서 문득 씁쓸한 기분에 사로잡혔다. 하지만 내색은 하지 않았다.

잠시가 지난 후 한성림은 용비를 보면서 조용한 목소리로 말문을 열었다.

“솔직하게 말하겠네. 자넨 지금 큰 곤경에 빠졌네. 절대십천을 적으로 만들었기 때문일세.”

한무군은 뭔가 말하고 싶은지 입술을 달싹거렸으나 끝내 아무 말도 하지 않고 부친의 다음 말을 기다렸다.

“건곤풍을 누가 죽였든 그자의 시신이 본 문에 있으며, 그 사실을 감췄다는 사실만으로도 본 문은 능히 멸문지화를 당하고도 남을 걸세.”

용비의 눈이 약간 커졌다. 설마 그 정도일 줄은 예상하지 못했다.

　그런 일이 벌어질 것이라고 한정이나 수진랑은 한마디도 말해주지 않았다.

　한성림은 용비의 반응에는 상관하지 않고 할 말을 계속했다.

　"나는 자네라는 사람을 전혀 모르네. 그런데도 건곤풍의 일을 혈풍도대에게 숨긴 이유는 자네가 내 딸 정아의 생명의 은인이기 때문일세."

　사십팔 세의 나이에, 그 옛날 관운장을 연상케 하는 멋들어진 용모와 체구, 모든 사내의 표상이 될 만한 기상, 그리고 한 뼘가량의 새카만 흑염을 기른 한성림의 모습은 보는 이를 압도하고도 남음이 있다.

　하지만 그의 성품과 덕망이 외모보다 더 훌륭하다는 사실을 항주 사람들이라면 잘 알고 있다.

　"나는 자네와 대화를 한 후에 건곤풍의 시체를 처리할 생각일세. 이 대화가 어떤 식으로 끝나든지 자네를 혈풍도대에 밀고할 생각은 없네."

　용비는 조용한 목소리로 설득력 있게 말하는 한성림을 묵묵히 바라보았다.

　"자네는 내게 말하지 않은 것이 있는 것 같군. 그러나 상관없네. 그러면 그런대로 됐네. 사람이란 다 자신의 사정이라는 것이 있으니까."

한성림의 말은 다 옳았다. 그는 용비의 얘기를, 아니, 비밀을 애써서 알려고 하지 않았다. 비밀을 공유하면 그만큼 깊이 공범자가 된다는 뜻이다.

그리고 그는 그럴 준비가 되어 있는 것 같았다. 물론 용비가 비밀을 털어놓았을 경우에 말이다.

그는 용비가 비밀을 말하지 않는다고 해서 원망하거나 관계를 끊겠다거나 하는 협박도 하지 않았다.

지금 그가 알고 있는 내용은 용비가 건곤풍을 죽였다는 것 하나뿐이다.

그의 말대로라면 용비를 모른 체하겠다는 것이 아니다. 그러면 그런대로 그 비밀만큼의 유대를 용비하고 나누겠다는 뜻이다.

많이 말해주면 깊은 유대를, 조금 말해주면 얕은 유대를 나누는 것은 세상의 이치다.

어쩌면 한성림이 옳은지도 모른다. 용비가 자신이 알고 있는 것을 모두 말해 버린다면 한성림은 다시는 헤어 나오지 못할 깊은 수렁 속으로 빠져들 것이다.

즉, 절대십천을 적으로 삼게 된다. 그가 원하든 원하지 않든 그렇게 되고 말 것이다.

지금은 용비의 비밀을 모르기 때문에, 그것이 얼마나 엄청난 것인지 모르기에 그것을 듣고 싶어 하는지도 모른다.

용비는 용비대로 자신이 비밀을 말해주면 한성림과 천추문을 돌이킬 수 없는 수렁 속으로 끌어들인다는 사실을 짐작조차 하지 못하고 있었다.

"자, 다시 한 번 묻겠네. 만약 이 물음에도 자네가 대답할 말이 없다면 오늘의 모임은 이것으로 끝내기로 하세. 자네, 내게 더 이상 할 말이 없는가?"

한정과 수진랑은 안타까운 표정으로 용비를 쳐다보았다. 그녀들은 용비가 한성림에게 모든 사실을 다 말해서 그의 도움을 받기를 원하고 있다.

용비는 약간 고개를 숙인 채 깊은 생각에 잠겼다. 그는 지금 자신의 비밀을 한성림에게 말하는 것이 이득일지 손해일지를 따지는 것이 아니다.

한정의 부친인 그가 이렇게까지 말하는데도 말하지 않는 것이 그를 모욕하는 것은 아닌지, 결례되는 일은 아닌지, 그래서 한정의 마음을 상하게 하는 것은 아닌지를 염려하고 있는 것이다.

이윽고 용비는 고개를 들고 한성림을 똑바로 주시했다.

"말씀드리겠습니다."

한정과 수진랑은 밝은 표정을 지었고, 한성림은 담담한 미소를 지으며 고개를 끄덕였다.

용비가 자신의 비밀을 다 털어놓기까지는 그리 오랜 시간이 걸리지 않았다.

하지만 그가 입을 여는 순간부터 한성림과 한무군은 어이없다는 표정을 짓기 시작해서, 마지막에 설명을 끝냈을 때에는 실망을 금치 못하는 표정이 되어 있었다.

얘기를 끝내고 차분하게 꼿꼿이 앉아 있는 용비를 한성림과 한무군은 씁쓸한 표정으로 쳐다보았다.

두 사람은 자신들이 들은 얘기를 한마디도 믿지 않았다. 절대로 믿을 수 없는 일이기 때문이다. 그래서 용비가 거짓말로 자신들을 농락한 것이라고 생각했다.

그도 그럴 것이, 천추문 숙객당에 십오 년씩이나 머물고 있던 장숙객 완사가 천하제일인, 아니, 영세제일인 만절기황이었다니, 도대체 그런 허무맹랑한 말을 어떻게 믿을 수 있다는 말인가.

한성림은 숙객당의 장숙객 완사를 자세히는 모르지만 어느 정도는 알고 있다.

자신의 집에 십오 년씩이나 묵고 있는 사람이므로 자연히 알 수밖에 없는 일이다.

한성림이 알고 있는 완사는 시서화무, 잡학에 능통하다는 것, 그래서 딸 한정이 그에게 시서화무를 배우고 있다는 것 정도다.

그런데 그 완사가 만절기황이라니 열흘 삶은 호박에 이도 들어가지 않을 소리다.

더구나 눈앞에 앉아 있는 용비가 만절기황의 제자라는 사실은 더더욱 믿기 어려웠다.

또한 광폭도와 건곤풍의 목적이 항주에 만절기황이 있는지 조사하는 것이었으며, 오늘 용비가 혈풍도수 한 명을 죽였다는 등등의 말도 전부 믿을 수가 없었다.

애기도 애기 나름이다. 황하가 거꾸로 흐른다든가, 태산이 무너졌다는 말은 어떻게든 믿을 수 있어도 방금 용비가 한 말은 절대로 믿어지지 않았다.

믿는 순간 한성림과 한무군은 바보가 될 것이다. 그만큼 터무니없는 내용이었다.

갑자기 한무군이 손바닥으로 탁자를 세게 내려치며 버럭 소리를 질렀다.

탕!

"말도 안 되는 소리!"

그는 벌떡 일어나서 팔을 뻗어 용비를 가리키며 성난 표정을 지었다.

"감히 어디에서 새빨간 거짓말을 나불거리는 것이냐?"

"오라버니……."

한정은 믿지 못하는 그를 안타까운 표정으로 바라보았다.

"정아! 너는 어째서 이런 놈하고 어울리는 것이냐? 당장 이리 오너라!"

급기야 한무군은 호통을 치면서 한정의 팔을 잡아끌었다. 그는 누이동생이 사기꾼에게 현혹되었다고 여겼다.

"군아."

그때 한성림이 조용히 입을 열었다. 언성을 높이거나 화를 내지 않았으나 한무군은 그것이 꾸짖음이라는 것을 즉시 알아차리고 한정의 팔을 놓고는 분을 참으려고 어깨를 들먹이면서 자리에 앉았다.

수양이 깊고 격조 높은 한성림이지만 지금 이 순간만큼은 복잡한 마음을 가누지 못했다.

용비가 거짓말을 하지는 않았을 것이라고 생각하면서도, 그가 한 말을 믿지 못하는 모순에 빠졌다.

만약 용비가 거짓말을 했다면 그의 양쪽에서 더없이 진지한 표정을 짓고 있는 한정과 수진랑도 함께 한성림을 기만하고 있는 것이다.

그런 일은 있을 수 없다. 설혹 용비가 거짓말을 하더라도 한정과 수진랑까지 그럴 리는 없기 때문이다.

그렇다면 용비는 거짓말을 하지 않았다는 것인데, 그 역시 믿을 수가, 아니, 도저히 일어날 수 없는 일이다.

"증명해 보게."

한참 만에야 한성림의 입에서 그런 말이 흘러나왔다. 지금으로선 그 방법이 최선이라고 생각했다.

"사부님께 배운 무공 말입니까?"

"어떤 것이든."

용비의 물음에 한성림은 고개를 끄덕였다.

용비는 조금 난감한 표정을 지었다.

"상대를 죽일 때만 무공을 사용해 봤기 때문에……."

"건방진……."

한무군이 못마땅한 듯 용비를 쏘아보면서 벌떡 일어나 탁자 옆으로 나와 우뚝 섰다.

"내가 상대해 주마. 일어나라."

어느 순간부터 한무군은 용비를 매우 싫어하게 되었다. 아마도 용비가 만절기황에 대해서 말한 직후부터일 것이다.

그것은 그 자신도 전혀 모르고 있던 이상한 성격이었다. 누이동생의 생명의 은인이라면 이보다는 더 용비를 이해하고 너그러워야 하는데 이상하게 그가 싫었다. 어쩌면 누이동생이 그를 사랑하는 것처럼 보이니까 질투를 느끼는 것인지도 몰랐다. 물론 그 자신은 부인하겠지만.

이번에는 한성림도 한무군을 만류하지 않았다. 상황이 그만큼 심각하다는 뜻이다.

"죽을 텐데……."

용비는 일어나지 않고 한무군을 보며 중얼거렸다. 그는 진심을 말하고 있다.

한무군이 혈풍도수 백연만큼 고강하지 않을 것이라고 생각하기 때문이다.

그러므로 용비가 한무군에게 손을 쓰면 그는 죽고 말 것이다. 용비는 사정을 봐줘가면서 약하게 공격하는 방법을 아직 잘 모르고 있다.

용비의 마음을 잘 알고 있는 한정이 일어나 한무군을 다시 자리에 앉히려고 하며 만류했다.

"그러지 말아요, 오라버니. 죽을 수도 있어요."

용비와 한정이 똑같이 '죽는다'고 말하자 한무군은 발끈해서 이성을 잃었다.

"나를 무엇으로 보고 허튼소리냐? 어서 손을 써라!"

슥.

그러자 용비가 태연하게 오른손을 들어 올렸다.

한무군은 용비의 말을 추호도 믿지 않지만 그가 손을 들어 올리자 부지중 움찔했다.

용비가 묵묵히 주먹을 움켜쥐며 팔을 뻗는 것을 보고 한무군은 공력을 극도로 끌어올려 대비했다.

그 순간 용비의 주먹에서 번쩍하고 하얀 광채가 뿜어졌다.

새하얀 빛줄기 하나가 한무군의 옆구리를 한 뼘 거리로 번

개처럼 스쳐 지나갔다.

그것은 너무나 빨라서 한무군은 자신이 헛것을 봤을지도 모른다는 생각이 들었다.

그리고는 한무군의 뒤쪽에서 뭔가 난리가 벌어지는 듯한 느낌이 들었다.

쐐액!

퍼퍽!

다음 순간 귀청을 찢는 파공음과 둔탁한 폭음이 터졌다. 용비의 주먹에서 발출된 하얀 빛줄기가 얼마나 빨랐으면 발출되고 나서야 파공음과 격타음이 뒤따랐다.

한무군은 잠시 다른 세상에 갔다가 온 것처럼 멍한 기분이 들었다. 그가 정신을 차렸을 때에는 용비의 손이 내려져 있었다.

"맙소사……."

옆에서 부친 한성림의 찬탄 같은 중얼거리는 소리를 듣고서야 한무군은 고개를 돌렸다.

부친은 어느새 일어나 있는데 뒤쪽을 쳐다보면서 마치 귀신을 본 것 같은 표정을 짓고 있다.

한무군은 홀린 듯한 표정으로 천천히 뒤쪽으로 몸을 돌렸다.

끼기이.

자신의 몸에서 뭔가 이상한 소리가 들렸고, 몸을 돌리는 동작이 왠지 부자연스러웠으나 무시했다. 지금은 부친이 대체 무엇을 보고 저렇게 놀라는 것인지가 더 궁금했다.

"……."

그런데 뒤쪽에 벌어져 있는 광경을 보는 순간 한무군은 혼비백산해 버렸다.

그가 서 있는 곳에서 이 장쯤 떨어진 곳에는 두꺼운 석벽이 있었는데 지금 그곳에 사람 머리 크기의 구멍이 뻥 뚫려 있다.

그런데 그것만이 아니다. 구멍은 물론 구멍 주변이 온통 얼음이다. 마치 북극의 얼음 속 같았다. 그리고 구멍 위쪽의 천장에는 커다란 고드름 수십 개가 주렁주렁 매달려 있었다.

말하자면 실내의 한쪽만 한겨울 엄동설한이 되어 완전히 북극으로 변해 버린 것이다.

한무군은 도대체 무슨 일이 벌어졌는지 멍한 상태에서 갈피를 잡지 못했다.

과연 무엇이 저런 엄청난 결과를 만들었는지 평소 영리한 머리로도 이해할 수가 없었다.

용비 한 사람을 제외하고 모두 경악을 금치 못했다. 한정과 수진랑도 혼비백산한 표정으로 바라보고 있었다. 설마 용비가 저런 엄청난 무공을 선보일 줄은 예상하지 못했다.

"오오, 극빙지공(極氷之功)이라니……."

한참이 지나서야 한성림은 북극으로 변한 벽을 보며 꿈결처럼 중얼거렸다.

그의 말에 모두 정신을 차렸다. 아니, 여전히 꿈을 꾸다가 깬 것 같은 표정들이었다.

"앗! 오라버니!"

그런데 갑자기 한정이 한무군의 옆구리를 가리키며 자지러지는 비명을 질렀다.

한성림은 아들의 옆구리를 쳐다보다가 안색이 크게 변하며 놀라는데, 정작 한무군은 자신의 옆구리를 내려다보기 위해서 몹시 애를 써야만 했다.

끼이이.

그가 상체를 약간 비틀자 마치 녹슨 철문을 힘겹게 여는 듯한 소리가 흘렀다.

"흐으으……."

안간힘을 써서 자신의 옆구리 쪽을 본 한무군은 공포에 질린 표정으로 이가 시린 듯한 신음 소리를 냈다.

오른쪽 옆구리, 아니, 아래로 내리고 있던 오른팔까지 허옇게 얼어 있다. 마치 그 부위만 수북하게 눈이 덮인 것 같은 광경이다.

한무군 자신도 모르는 사이 그런 일이 벌어졌다니 정말 말도 안 되는 일이다.

"어… 떻게……."

한무군은 공포와 불신이 범벅된 얼굴로 용비를 쳐다보았다.

사실 조금 전에 용비의 주먹에서 번쩍이며 발출된 것은 삼원심공의 사공 중 현무공기(玄武功氣)였다. 그것은 모든 것을 태워 버리는 백호공기하고 상극되는 기운으로 모든 것을 얼려 버리는 극빙지공이다.

용비가 발출한 현무공기가 한무군의 오른쪽 옆을 한 뼘 거리로 스쳐 지났기 때문에 그의 옆구리와 아래로 내리고 있던 팔이 얼어버린 것이다.

그로 미루어 그의 현무공기가 얼마나 위력적인지 능히 짐작할 수가 있다.

한무군은 조금 전까지만 해도 자기가 용비를 상대해 주겠다면서 큰소리 떵떵 치더니 지금은 완전히 사색이 되어 부들부들 떨고 있다.

만약 그가 원했던 대로 용비가 정면으로 극빙지공을 발출했더라면, 그는 막기는커녕 저 뒤쪽의 벽처럼 복부가 뻥 뚫려서 온몸이 얼음 덩어리로 변해 버렸을 것이다.

실내에 정적이 흘렀다. 모두 용비를 주시하면서 놀라움을 금치 못하고 있다.

한정과 수진랑도 용비의 사공을 이렇게 가까이에서 보는 것은 처음이다.

그녀들은 자신들이 생각하고 있는 것보다 용비가 훨씬 고강하다는 사실을 깨달았다.

한성림은 아들 한무군을 바라보며 착잡한 표정을 금하지 못했다.

한무군이 용비에게 만절기황의 무공을 상대해 주겠다고 날뛰었으므로 이것은 자업자득이다.

용비를 원망할 일이 아니다. 그러나 저대로 놔두면 한무군의 온몸이 얼음 덩어리로 변해서 죽을 것 같기에 한성림의 가슴은 답답한 것이다.

슥.

그때 용비가 일어나더니 한무군에게 다가갔다.

"으으……."

그렇지 않아도 겁에 질려 있던 한무군은 이상한 신음을 내면서 뒤로 물러나려고 했다. 그러나 한 발자국도 물러나지 못했다.

조금 전에는 그의 오른쪽 옆구리와 팔만 얼었는데, 지금은 그것이 빠르게 온몸으로 확산되고 있었다.

그의 옆구리와 팔에 침투한 현무공기가 빠른 속도로 몸을 얼리고 있는 것이다.

한 걸음 앞으로 용비가 다가와 멈추자 한무군은 얼굴이 사색이 되어 부들부들 떨었다.

"으으, 잘… 못했네……. 용서하게……."

척!

용비는 왼손을 뻗어 한무군의 왼팔을 가볍게 잡고 현무공기를 일으켰다.

그러자 삽시간에 한무군 체내에 있던 극빙지기, 즉 현무공기가 그의 손으로 흡수되었다.

용비가 손을 떼고 물러나자 옆구리와 팔을 시작으로 얼음덩이가 되어가던 한무군의 몸은 어느새 정상으로 회복되어 있었다.

"흐으……."

털썩!

몸이 얼었다가 갑자기 풀린 한무군은 다리에 힘이 빠져서 그 자리에 주저앉았다.

용비는 한성림을 보며 조용히 말했다.

"이것으로 증명이 됐으면 좋겠습니다."

한성림은 부끄러움 때문에 얼굴이 화끈거렸다. 그는 용비가 극빙지기를 발출하여 벽 하나를 통째로 얼려 버리고 아들을 반신불수로 만든 후에야 그의 말을 믿었다.

그는 진실을 말했는데도 불구하고 한성림은 증명해 보라고 요구한 것이다. 왜 진실을 믿지 않고 억지를 부렸는지 그것이 부끄러웠다.

"미안하네."

한성림은 진심으로 고개까지 숙이면서 사과했다. 그처럼 명성이 대단하고 명예를 존중하는 사람이 용비처럼 젊은, 그리고 얼마 전까지 자신의 문파의 하인이었던 사람에게 용서를 비는 행위는 결코 쉬운 일이 아니다. 그는 조심스러운 표정을 지으며 물었다.

"조금 전의 그 무공이 만절기황의 절학인가?"

"그렇습니다."

한성림의 얼굴에 감개무량한 표정이 떠올랐다. 말로만 들은 전설의 천하제일인 만절기황의 절학을 눈앞에서 생생하게 목격했으니 무상의 영광이 아닐 수 없다.

만절기황이 무림에서 잠적했던 십오 년 전에 한성림은 삼십대 초반의 팔팔한 청년이었다.

자신의 살아생전에는 만절기황을 만나거나 그의 절학을 볼 수 없을 것이라고 생각했는데, 그의 제자를 눈앞에 두고 있으니 벅찬 감격이 솟구쳤다.

더구나 만절기황은 천추문 숙객당에 장장 십오 년 동안이나 장숙객으로 머물고 있었는데도 한성림은 그런 사실은 꿈에도 모르고 있었다.

등잔 밑이 어둡다더니 만절기황을 만날 수도, 그리고 그와 교분을 쌓을 수도 있었던 일을 놓쳤으니 실로 땅을 치며 통탄할 일이다.

第三十一章 여고수 조우

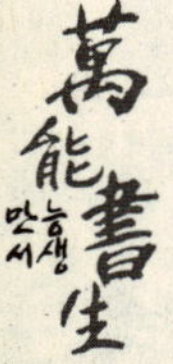

임시(밤 11시)가 넘은 시각.

개방 항주 분타 앞 풀밭에 여섯 명이 나란히 무릎을 꿇은 자세로 앉아 있다.

그리고 그들의 앞에는 혈풍도대 십위 조오가 우뚝 서서 두 손을 양쪽 허리에 얹은 채 오만한 모습으로 개방제자들을 굽어보고 있다.

제법 아름다운 용모의 조오지만 마르고 큰 키에 강팍한 인상 탓에 아름다움이 묻혀 버렸다.

더구나 한 자루 붉고 긴 기형도를 왼손에 쥐고 있어서 더욱 강렬하게 보였다.

그녀 앞에 무릎 꿇고 있는 여섯 명은 개방 항주 분타주 일척붕개와 다섯 명의 조장이다. 물론 그중에는 소선개도 끼어 있었다.

일척붕개와 두 명의 조장은 이곳 항주 분타 안에서 머물지만 소선개를 비롯한 다른 세 명의 조장은 성내 각자의 구역에서 생활을 하고 있다.

그런데 한 시진 전 한밤중에 느닷없이 이곳에 나타난 조오는 자고 있는 일척붕개를 깨우더니 다짜고짜 조장 다섯 명을 모두 집합시키라고 명령했다.

그녀는 언성을 높이지도 협박을 하지도 않고 조용한 목소리로 명령했다. 그럴 필요가 없다.

혈풍도수의 명령을 거역했다가는 개방 항주 분타 따윈 흔적조차 남기지 못하고 소멸돼 버릴 수 있기 때문이다. 그러므로 조오의 명령은 무조건 따라야 하는 것이다.

그렇게 해서 모인 다섯 명의 조장과 일척붕개가 지금 조오 앞에 꿇어앉아 있는 것이다.

그녀가 그러라고 명령한 것이 아니다. 일척붕개 등이 알아서 꿇은 것이다.

"딱 한 번만 묻겠다."

조오는 예의 팍팍하고 건조한 목소리로 말문을 열었다.

“너희, 오늘 정오 무렵에 무엇을 했느냐?”

난데없는 물음에 일척붕개와 다섯 조장은 어리둥절한 표정을 지었다.

그러나 조오는 방금 전에 ‘딱 한 번만 묻겠다’고 말했다. 고로 여섯 명은 서로의 얼굴을 쳐다보고 나서 일척붕개가 공손히 대답했다.

“점심을 먹은 후였기 때문에 이곳에서 휴식을 취하거나 낮잠을 잤습니다만…….”

“너희 모두 휴식을 취하거나 낮잠을 잤느냐?”

조오의 지적에 일척붕개와 네 명의 조장은 잠시 생각하는 듯하다가 일제히 소선개를 쳐다보았다.

오늘 정오 무렵에 식사를 하면서 일척붕개가 일장 연설을 한 직후 모두 근처에서 쉬는데 소선개 혼자만 어디론가 바삐 사라졌다는 사실을 기억하기 때문에 자연스럽게 그를 쳐다본 것이다.

순간 조오의 눈이 먹이를 발견한 매의 눈처럼 날카롭게 번뜩였다.

“너, 일어나라.”

조오의 손가락이 자신을 가리키자 소선개는 움찔하며 알 수 없는 불길함이 온몸을 휘감았다.

조오는 딱 한마디만 했다.

"낮에 어디에 갔었느냐?"

물론 소선개는 대답하지 않았다. 그래서 그때부터 무지하게 고문을 당하기 시작했다.

투타탁! 퍼퍼퍽!

자정이 넘은 시각에 아무도 오지 않는 숲 속에서 장작 패는 소리가 계속 들려왔다.

소선개의 마혈을 제압해서 높은 나뭇가지에 거꾸로 매달아놓고는 조오가 몽둥이로 타작을 하고 있는 것이다.

그녀는 한 시진 전에 '낮에 어디에 갔었느냐?' 고 묻고는 그 이후로는 한마디도 하지 않고 무작정 소선개를 두들겨 패고만 있다.

소선개는 죽는다고 비명을 지르면서 자신의 구역인 성내 화영 거리에서 부하들과 상인들의 보호비를 걷으러 다녔다고 비명 소리와 함께 털어놓았다.

조오는 소선개에게 성내의 화영 거리와 그의 거처에 대해서 묻고는 어디론가 쏜살같이 사라졌다.

혼자 숲 속 나뭇가지에 거꾸로 매달린 채 피를 줄줄 흘리고 있는 소선개는 도망치려고 별의별 방법을 다 써봤으나 아무 소용이 없었다.

반 시진 후에 조오는 개방제자 한 명의 혈도를 제압하여 어깨에 메고 돌아왔다.

그녀가 데리고 온 자는 소선개의 수하 부조장이며 성내 화영로에서 자고 있는 것을 조오가 끌고 온 것이다.

그 자리에서 조오는 부조장을 심문하여 소선개가 오전부터 늦은 밤까지 성내 화영 거리에 없었다는 사실을 실토하게 만들었다.

물론 심문은 매질이었고, 소선개 옆에 나란히 매달았다. 그리고 실토를 한 후에 부조장은 매를 너무 많이 맞은 탓에 과다 출혈로 목숨을 잃고 말았다.

부조장이 죽은 것에는 눈도 까딱하지 않은 조오는 다시 소선개를 매질하기 시작했다.

머리든 팔다리든 아무 곳이나 무차별 가격했다. 그러면서도 한마디도 하지 않았다.

조오 정도의 고수라면 매질 한 번에 소선개를 즉사시킬 수가 있다.

그런데도 그녀는 공력을 전혀 사용하지 않고 순전히 팔 힘만으로 매질을 했다.

그것만으로도 소선개는 충분히 죽을 수 있으며, 죽는 것이 나을 정도의 고통을 받았다.

그러나 그는 끝까지 입을 다물고 자신이 남관구 포구에 가서 용비 등을 만났다는 사실을 실토하지 않았다.

그것은 그가 심지가 굳고 용비 등을 위하는 마음이 깊어서
가 절대로 아니다.

그 사실을 실토하고 나서 조오가 자신을 죽일 것이라는 생
각이 들었기 때문이다.

조오가 죽이겠다고는 말하지 않았으나 그녀의 잔인함으로
미루어 죽일 것이 분명했다.

실토해도 죽고 버티면 매질을 당한다면, 그래도 매질을 당
하는 쪽이 낫다고 소선개는 판단한 것이다.

그러나 소선개는 조오를 너무 과소평가했다.

반 시진 후에 조오는 항주 성내 화영 거리에 나타났다.

쉬이―

그녀는 경공술을 전개하여 거리를 바람처럼 달리고 있으
며, 그녀의 일 장 뒤 땅바닥에는 뭔가 통통 튀면서 그녀와 같
은 속도로 뒤따라오고 있었다.

그것은 하나의 커다란 고깃덩이며 꽁꽁 묶인 채 밧줄 끝을
조오가 잡고 있었다. 그러므로 그녀가 달리면 고깃덩이는 자
연히 끌려오는 것이다.

땅에 끌리고 부딪히며 허공으로 튀어 오르면서 짓이겨져
서 피투성이가 된 고깃덩이는 소선개였다.

그는 개방 항주 분타 근처 숲 속에서 실컷 몽둥이찜질을 당

한 후에 밧줄에 묶여서 그곳에서부터 이곳까지 땅바닥에 끌려오고 있는 것이다.

그런데 정말 더러운 것은, 그토록 얻어터지고 개처럼 끌려가고 있으면서도 혼절을 하지 않고 정신이 점점 더 또렷해지고 있다는 사실이다.

그래서 고통스럽다. 깨지고 찢어지고 긁혀서 피를 흘리는 고통이 여과 없이 고스란히 전해졌다.

잠시 후에 조오는 화영 거리 소선개의 조단, 즉 화영 조단에 도착했다.

십여 명의 소선개 수하 개방제자들은 모두 깨어서 어수선한 분위기였다.

아까 조오가 느닷없이 들이닥쳐서 부조장을 납치해 갔기 때문에 그때부터 깨어 있었던 것이다.

불똥은 소선개의 수하들에게 튀었다. 아니, 죽음의 그림자가 드리워진 것이다.

조오는 개방제자 십여 명의 마혈을 제압하여 골목에 일렬로 무릎을 꿇려서 앉혀놓고는 다짜고짜 도를 뽑아 맨 첫 번째 개방제자의 목을 뎅겅 잘라 버렸다.

"으으… 이 미친년……."

수하들 앞쪽에 피투성이의 처참한 모습으로 나뒹굴어 있는 소선개는 눈을 찢어질 듯이 부릅뜨고 부들부들 떨며 조오를 노려보았다.

조오는 아랑곳하지 않고 흰 이를 살짝 드러내면서 무척 재미있는 놀이를 하는 장난꾸러기 같은 미소를 지으며 두 번째 개방제자에게 다가갔다.

팍!

어두컴컴한 골목 안에서 조오의 핏빛 도가 번뜩이자 두 번째 개방제자의 목이 잘려 나갔다.

소선개는 조오의 의도를 안다. 수하들의 목을 다 자르기 전에 어서 실토하라는 뜻이다.

그러면서도 그녀는 한마디도 하지 않고 히죽히죽 흐릿한 미소를 지으면서 세 번째 개방제자를 향해 두어 걸음 걸어가며 수중의 붉은 도를 치켜들었다.

그런 그녀의 모습은 소선개의 눈에 저승사자 그 이상의 잔인한 존재로 비쳤다.

소선개는 혈도만 제압되지 않았으면 당장에라도 조오를 갈가리 찢어죽이고 싶었다.

자신이 그녀의 상대가 되든지 못 되든 그 따위는 상관이 없다. 그냥 달려들어서 그녀를 한 대라도 때릴 수 있다면 버둥거리다가 죽고 싶었다. 지금 상황이 그 정도로 견딜 수가 없었다.

소선개가 실토하지 않으면 조오는 수하들을 다 죽이고 말 것이다.

충분히 그러고도 남을 여자다. 피도 눈물도 없는 전갈 같은 여자다.

그리고 마지막에는 소선개를 죽일 것이다. 아니, 그렇게 쉽게 포기하지 않을지도 모른다.

조오는 소선개에게서 실토를 받아내기 위해서 또 다른 짓을 저지를 수도 있다.

예를 들면, 개방 항주 분타로 가서 분타주 일척붕개 이하 조장들을 죽이는 것도 협박의 한 방법이다.

그녀가 한 명씩 한 명씩 개방 항주 분타의 개방제자 백여 명을 모조리 죽일 때까지 과연 소선개는 견딜 수 있을까. 절대 그러지 못할 것이다.

"그만해라! 이 더러운 년아! 말하겠다!"

조오가 세 번째 개방제자의 머리 위로 붉은 도를 치켜들었을 때 소선개가 발작하듯이 외쳤다.

팍!

그런데도 조오는 도를 휘둘러 세 번째 개방제자의 목을 뎅겅 잘랐다. 목이 잘린 개방제자의 목에서 피가 콸콸 분수처럼 뿜어졌다.

"으으, 이년아, 말하겠다는데 왜 죽이는 것이냐!"

소선개는 너무도 분노하여 굵은 눈물을 뚝뚝 흘리면서 미친 듯이 악을 썼다.

그는 죽었다가 깨어나도 조오가 무엇 때문에 세 번째 개방 제자를 죽였는지 모를 것이다.

조오는 세 번째 제자의 목을 베려고 기왕지사 들어 올렸던 도를 그냥 내리기 싫었을 뿐이다. 말하자면 이왕 뽑은 칼, 무라도 베자. 그런 식이었다.

참고로, 그녀는 인간의 목숨을 벌레처럼 여긴다. 목적을 위해서라면 아무리 많은 목숨을 죽인다고 해도 눈 하나 깜짝하지 않는다.

아니, 굳이 어떤 목적이 없어도 평소에 자주 강한 살의를 느끼곤 한다. 즉, 아무하고나 싸움을 벌여서 살인을 하고 싶다는 뜻이다.

*　　*　　*

"문주."

용비와 한성림 등이 중경 문주의 거처에서 앞으로의 대처 방법에 대해서 의논하고 있을 때 문밖에서 조용한 목소리가 들렸다.

"속하 뇌웅(雷雄)입니다."

한정은 긴장한 표정으로 문을 쳐다보고 있는 용비를 부드러운 목소리로 안심시켰다.

"아버님의 호위대장이에요."

한성림은 일대제자 중에서 걸출한 청년들을 선발, 특별히 지도하여 자신의 호위고수로 삼았으며, 그들의 수는 모두 삼십 명이다.

그들은 '천추호위대'라고 불리며 높은 액수의 녹봉과 천추문 내에서의 지위가 보장되기 때문에 천추문 제자들은 누구라도 천추호위대에 뽑히는 것을 간절하게 원하고 있다.

천추문 제자 대다수가 천추호위대에 선발되는 것을 최종 목표로 삼고 있다.

"들어오너라."

우람한 체구에 이십대 후반의 청년 뇌웅이 들어와서 한성림에게 공손히 허리를 굽혔다.

"급히 보고드릴 것이 있습니다."

"말하라."

한성림은 용비가 있는데도 개의치 않았다.

"혈풍도수 한 명이 성내에서 살인을 저지르고 있습니다."

혈풍도수라는 말에 모두 긴장했다.

"살인? 누굴 죽였느냐?"

"개방제자들입니다."

"개방? 무엇 때문에 개방제자들을 죽인 것이냐?"

“모르겠습니다.”

뇌웅은 복잡한 표정을 지었다. 그가 지켜본 바에 의하면 개방제자를 죽이는 혈풍도대의 여고수가 한마디 말도 없었기 때문이다.

“제가 보기에는… 그저 재미로 죽이는 것 같았습니다.”

“재미로?”

한성림의 미간이 좁혀졌다. 혈풍도대가 비록 절대십천 소속이지만 그래도 개방은 무림 구파일방 중에 한 방파일 정도로 명문 대파다.

더구나 이곳 항주는 항주오세의 세력권이다. 엄밀하게 말해서 항주는 천추문과 신룡보가, 절강무림은 나머지 항주삼세가 나누어 지배하고 있는 상황이다.

그런데 항주 성내에서 혈풍도수가 개방제자를 죽인다는 것은 언어도단이다.

아무리 절대십천이라고 해도 좌시할 수 없는 일이다. 한낱 미물인 개조차도 자기 집 앞에서 삼 할은 먹고 들어간다고 하지 않는가.

“자세히 보고하라.”

한성림의 목소리가 쇠처럼 단단해졌다.

천추호위대장 뇌웅의 설명에 의하면 혈풍도대의 여도수(女刀手) 한 명이 성내 골목에서 개방제자 십여 명을 무릎 꿇려놓고서 다짜고짜 차례대로 목을 베고 있다는 것이다.

그 광경은 마치 여도수가 단지 재미로 살인을 하는 것처럼 보였다고 한다.

한성림은 혈풍도대가 항주에 온 후 천추호위대로 하여금 매일 밤에 은밀하게 성내를 순찰하라고 지시했었다.

혈풍도대를 감시하라는 것은 아니다. 단지 혈풍도대가 항주에 들어왔기 때문에 긴장을 하고 있는 것뿐이다.

그동안 별일이 없었는데 오늘 자정이 넘은 시각에 이런 좋지 않은 소식을 갖고 온 것이다.

"그곳이 어디냐?"

"성내 화영로입니다."

그 말에 용비의 표정이 가볍게 변했다. 소선개가 화영 조단의 조장이기 때문이다.

용비는 소선개의 화영 조단이 틀림없을 것이라고 생각했다. 또한 광폭도와 건곤풍의 실종을 조사하러 온 혈풍도대가 소선개의 화영 조단을 족치고 있다면 필시 무슨 냄새를 맡았기 때문일 것이다.

"가봐야겠습니다."

용비가 일어서면서 굳은 얼굴로 말했다. 소선개도 걱정이 되지만 그가 혈풍도대 여도수에게 용비와 결우당 등에 대해서 실토를 할까 봐 그것도 걱정이 됐다.

　용비와 소선개의 관계에 대해서 모르는 한성림은 염려하
는 표정으로 물었다.

"자네, 개방하고 무슨 관계라도 있나?"

"소선개라는 화영 조단의 조장이 저희와 연관이 있습니
다."

"음."

한성림이 팔짱을 끼면서 심각한 표정을 짓자 용비는 그가
무슨 생각을 하는지 짐작했다.

"저 혼자서 해결하겠습니다."

한성림이 용비를 돕겠다고 해도 공개적으로 나설 수는 없
는 입장이기 때문이다.

　그리고 될 수 있으면 그의 도움을 받지 않고 싶다는 것이
용비의 생각이다.

　도움을 받는 것도 부담스럽고, 만약에 일이 잘못되면 용비
혼자 책임지면 되지만 천추문이 개입되면 일이 커질 뿐만 아
니라 한정이나 수진랑에게도 미안하기 때문이다.

　천추문을 나선 용비는 대신에게 배운 호주를 발휘하여 전
력으로 화영 거리를 향해 달려갔다.

　호주를 배우기 전이었다면 천추문에서 화영로까지 이각쯤
걸리지만 지금은 불과 열 호흡 만에 도착했다. 하지만 그런

것에 감탄할 겨를이 없다.

그는 위험할 것 같아서 한정과 수진랑을 천추문에 놔두고 왔다. 두 소녀가 따라오겠다는 것을 냉정한 표정으로 한마디 말도 하지 않고 나와 버렸다.

천추호위대주인 뇌웅이 길을 알려주겠다면서 함께 나왔으나 용비가 달리기 시작하자 뇌웅은 뒤로 뚝 떨어져 버렸다. 호위대장인 뇌웅의 경공술로도 용비의 호주를 따라잡는 것은 역부족이었다.

항주 성내의 지리라면 뇌웅보다 용비가 훨씬 더 잘 안다. 아마도 한성림이 뇌웅에게 용비를 도와주라면서 딸려 보냈을 것이다.

이윽고 용비는 개방 화영 조단이 있는 골목으로 들이닥쳤다. 그곳에 혈풍도대 여고수가 있는지 확인도 하자 않고 대로에서 꺾어져 곧장 골목 안으로 달려들어 갔다.

두 팔에 청룡공기와 주작공기를 잔뜩 주입한 상태여서 여고수가 눈에 띄기만 하면 즉시 발출할 생각이다.

"……!"

그런데 그는 골목 안에 벌어져 있는 상황을 발견하고 움찔 놀라며 그 자리에 멈췄다.

골목 입구에서 열 걸음쯤 들어가면 화영 조단인데, 그 앞에 소선개의 수하들인 개방제자 십여 명이 일렬로 나란히 무릎을 꿇은 채 고개를 숙이고 있었다.

그런데 골목 입구 쪽 세 명은 머리가 없었다. 즉, 목이 잘려서 머리가 그 앞쪽 땅에 나뒹굴고 있으며 주위는 온통 피바다였다.

그들 세 명은 머리를 잃은 상태에서도 여전히 무릎을 꿇은 채 앉아 있었다. 마치 자신이 죽었다는 사실을 모르고 있는 것 같았다.

그렇지만 어디에서도 소선개와 혈풍도대 여고수라는 자는 보이지 않았다.

용비는 개방제자들이 혈도가 제압되었다는 사실을 간파하고 즉시 그들의 혈도를 풀어주었다.

개방제자들은 일제히 신음과 탄식, 울음을 터뜨리면서 비틀거리며 일어서는데 모두의 얼굴은 눈물범벅과 공포로 뒤덮여 있었다.

혈도가 제압되어 일렬로 무릎이 꿇려 있는 상황에서 생면부지의 여고수가 동료들을 차례로 한 명씩 목을 베고 있었으니 얼마나 공포로 몸서리를 쳤겠는가. 그 상황이 얼마나 피를 말렸는지 당해보지 않은 사람은 모른다.

개방제자들은 용비가 누군지 그제야 알아보고는 놀라는 표정이더니 곧 눈물을 흘리면서 허리를 굽히며 구명지은에 감사했다.

얼마 전까지만 해도 화영 조단의 개방제자들은 보호비를 뜯어내려고 사우당을, 특히 용비를 가장 많이 괴롭혔다. 또한 용비와 친구들을 벌레처럼 하찮은 존재로 여겼다.

그런데 지금은 용비 덕분에 지옥에서 살아나는 입장이 되었으니 기묘한 상황이다.

"선개와 혈풍도대 여고수는 어디에 있느냐?"

용비는 거두절미하고 물었다.

개방제자들은 자신들을 제압한 여고수가 누군지도 모르는 상황에서 당했는데, 용비가 혈풍도대라고 하자 놀라움은 감추지 못했다.

"그녀는 조장을 데리고 어딘가로 갔소."

개방제자 한 명이 정중하게 대답했다. 그들은 말투만 바뀐 것이 아니라 이번 일로 용비에 대한 인식 자체가 완전히 변한 것 같았다.

혈풍도대 여고수는 용비에게 죽은 혈풍도수, 즉 백연에 대해서 소선개에게 알아내려는 것 같았다.

백연이 소선개를 미행했을 것이라고 믿기 때문일 것이다. 그렇게밖에는 여고수와 소선개를 연결할 연관성이 없다.

용비는 개방제자들이 동료들의 시신을 수습하고 있는 광경을 쳐다보았다.

'선개는 수하들이 죽어가는 광경을 더 이상 보고 있을 수

가 없어서 실토했을 것이다.'

그렇다면 소선개가 여고수에게 남관구 포구에 정박해 있는 결우당 본당 천붕호를 가르쳐 주러 갔을 것이라는 생각이 뇌리를 스쳤다.

그렇지만 소선개를 원망할 일이 아니다. 용비가 그 상황에 처했더라도 별로 다르지 않았을 터이다. 현도와 낙혼 등의 목이 눈앞에서 잘리고 있다면 용비는 자신의 목숨이라도 내놨을 것이다.

"언제 갔느냐?"

"반 각 정도 지났소."

반 각이라면 따라잡을 수 있다고 생각한 용비는 골목 밖으로 쏘아나갔다.

그때 그의 고막을 급히 울리는 전음이 들렸다.

[용 공자, 혈풍도대 여고수가 돌아오고 있소.]

뇌웅의 목소리였다.

용비는 즉시 골목 안으로 뛰어들어 가면서 개방제자들에게 피하라고 손짓을 했다.

여고수가 왜 돌아오는지는 모르겠지만 소선개가 그녀를 천붕호로 데려가지 않은 것만은 분명했다.

투다탁, 쿵!

조오는 골목을 떠날 때보다 더욱 거칠게 소선개를 마치 죽은 개처럼 끌고 왔다. 물론 소선개는 여전히 밧줄에 꽁꽁 묶여 있는 상태였다.

조금 전에 소선개는 조오에게 화영로에 있는 예전 용비네 사우당을 가르쳐 주러 갔었다.

즉, 자기가 오늘 낮에 갔던 곳이 바로 그곳이라는 얘기다. 하지만 그곳은 거미줄과 쓰레기투성이여서 꽤나 오랫동안 비어 있었던 흔적이 역력했다.

조오는 소선개에게 어째서 낮에 이 텅 빈 집에 왔느냐고 물었고, 소선개 딴에는 임기응변으로 재치있게 둘러댄다고 하는데 조오에겐 횡설수설하는 것으로 들렸다.

결국 조오는 소선개가 '개수작'을 부렸다고 판단하여 다시 화영 조단 골목으로 끌고 온 것이다.

여고수는 이번에는 수하 개방제자들 목을 아예 모조리 잘라 버릴 생각이다. 일종의 쾌썸죄다.

퍼퍼퍽!

조오는 거리에서 골목으로 들어오기도 전에 소선개를 골목 안으로 집어 던져 패대기쳤다.

소선개는 골목 벽에 모질게 부딪혔다가 땅바닥에 곤두박질쳤는데도 신음 한마디 흘리지 않았다.

얼마나 당했는지 몸이 자신의 것 같지가 않아서 이제는 고통이 전혀 느껴지지 않았다.

"어?"

골목으로 막 들어서던 조오는 뚝 멈추며 어이없는 듯 놀라는 표정을 지었다. 골목 안에 무릎 꿇고 있어야 할 개방제자들이 보이지 않았다.

그들의 마혈과 아혈을 동시에 제압해 놓았는데 저절로 풀렸을 리가 만무하다. 그렇다면 누군가 그들을 구해주었다는 뜻이다.

앞쪽에는 소선개가 얼굴을 땅바닥에 묻은 채 궁둥이를 높게 쳐들고 있을 뿐 어둡고 괴괴한 적막이 흘렀다.

그러나 소선개는 엎드린 채 꼼짝도 하지 않고 눈을 끔뻑거리면서 눈동자를 이리저리 굴렸다.

수하들이 보이지 않고 골목 바닥에 핏물이 흥건한 것만 눈에 띄었다. 어떻게 된 영문인지는 모르지만 그는 안도의 한숨을 토해냈다.

순간적으로 불길함과 위기를 느낀 조오는 벼락같이 왼손의 붉은 도를 뽑았다.

창!

위잉!

그런데 그 순간 그녀의 등 뒤에서 묵직한 파공음이 흘렀다.

"……!"

흠칫 놀라 다급히 뒤돌아보면서 도를 휘두르려는데 그보
다 먼저 그녀는 등 한복판에 만 근 바위가 충돌하는 엄청난
충격을 받았다.

뿌악!

"악!"

용비의 주작공기를 등에 적중당한 조오는 단말마의 비명
을 지르며 골목 안으로 퉁겨져 날려갔다.

퍼퍽! 쿠쿵!

그녀는 화살처럼 날려가 골목의 벽과 바닥에 연달아 부딪
혀 퉁기면서 칠팔 장 안쪽에 내동댕이쳐졌다. 그 과정에서 벽
에 얼굴이 짓이겨지고 어깨와 팔뼈가 부러졌다. 하지만 등에
당한 충격보다는 덜했다.

"끄으……"

그런데 바닥에 엎드린 자세로 쓰러진 그녀는 아무런 고통
도 느끼지 못했다.

단지 온몸에 힘이 한 움큼도 남아 있지 않았으며, 머리가
멍하고 몸이 깊이를 알 수 없는 심연 속으로 계속 가라앉는
것 같은 느낌만 들었다.

얼마나 창졸간이었으면 자신이 왜 이런 상황에 처했는지
도 깨닫지 못했다.

누군가에게 암습을 당했다는 것보다는 자신이 느닷없이

원인을 알 수 없는 심한 병에 걸린 것이 아닌가 하는 생각이
들 정도다.

소선개는 골목 입구에서 이 장 안쪽에, 조오는 칠팔 장 안
쪽 땅바닥에 똑같이 엎어져 있다.

용비는 천천히 골목 안으로 걸어 들어갔다. 그는 뇌웅에게
서 여고수가 돌아오고 있다는 전음을 듣는 즉시 골목 밖에 숨
어 있었다.

필경 여고수가 골목 안으로 들어갈 테니까 그때 배후에서
급습을 가하려는 계획이었다.

그는 암습이, 더구나 여자에게 그런 짓을 하는 것이 비열하
다는 것을 모른다.

아니, 무림에서 그런 짓이 금기로 되어 있다는 사실을 알았
다고 해도 전혀 개의치 않았을 것이다.

쓸데없는 예의를 차리는 것보다는 목적을 달성하는 것이
우선이기 때문이다.

그는 엎어진 자세에서 돌에 맞은 개구리처럼 온몸을 파들
파들 떨고 있는 조오를 힐끗 한 번 쳐다보고는 소선개, 아니,
하나의 피범벅 핏덩어리를 향해 걸어갔다.

그는 핏덩이가 누군지 알아볼 수 없었으나 그것이 소선개
일 것이라고 짐작했다.

그는 소선개를 똑바로 눕혔다. 그러자 피 칠을 한 것 같은

그의 얼굴에서 반짝하고 눈이 떠졌다.

언제나 술기운에 절어 있는 초점 없는 누리끼리한 눈빛, 그것은 틀림없는 소선개였다.

용비를 발견한 그의 눈동자가 조금 커지는 듯하더니 눈에 흐릿한 미소 같은 것이 어렸다. 반가움과 안도감이 섞여 있는 미소였다.

그리고는 입이라고 생각되는 부위가 벙긋하고 조금 열렸으나 말은 나오지 않았다. 단지 희미한 미소를 지었다.

용비는 소선개의 머리를 쓰다듬었다.

"저년을 너에게 주마."

소선개의 미소가 더 짙어졌다.

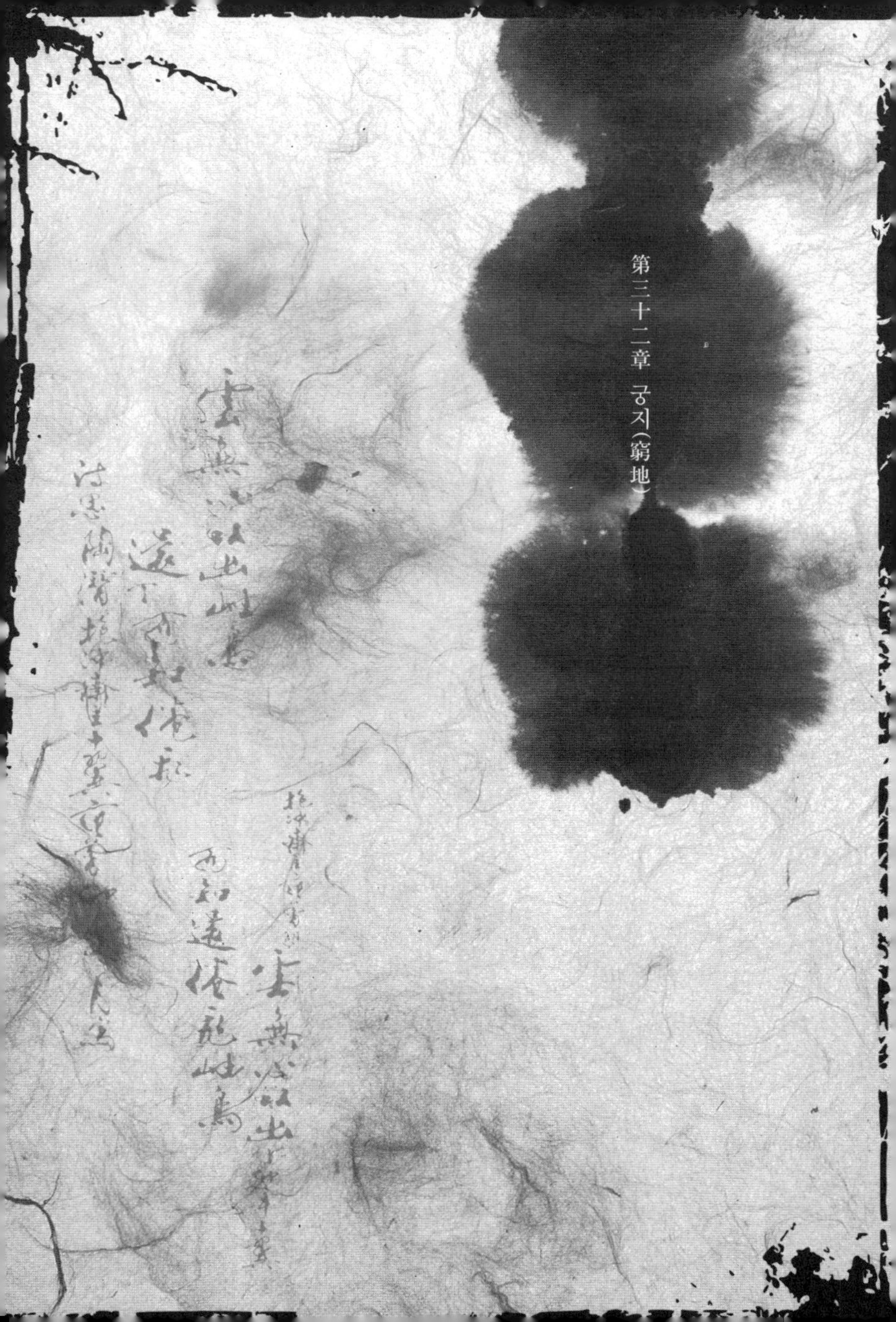

第三十二章 궁지(窮地)

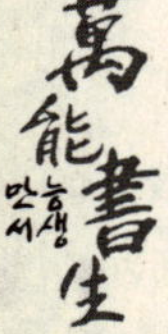

용비는 혈풍도대 여고수 조오의 마혈과 아혈을 제압한 후
에 소선개를 치료해 주었다.

삼원심공기를 일으켜서 소선개에게 주입시키고는 개방제
자들에게 상처에 금창약을 발라주라고 지시했다.

소선개는 치료를 받는 동안 여고수 조오가 얼마 전에 개방
항주 분타에서 벌였던 일에 대해서 끙끙거리면서 힘겹게 설
명해 주었다.

치료를 끝낸 용비가 화영 조단을 떠나려는데 소선개가 그
를 불렀다.

“같이 가자.”

용비가 돌아서자 소선개는 얼굴을 일그러뜨렸다.

“혈풍도대가 우릴 가만 놔두지 않을 거야.”

소선개는 그렇지 않아도 상처투성이 얼굴인데 오만상을 쓰니까 더욱 일그러져서 보기 싫었다.

혈풍도대 여고수가 개방 항주 분타에 찾아와서 분타주와 조장들 중에서 정오 이후에 항주 분타를 떠난 사람이 누구냐고 캐물은 것에는 그만한 이유가 있을 것이다. 용비는 그 이유에 대해서 생각해 보았다.

“그랬군. 그자가 널 미행한 거였어.”

“누가 날 미행해?”

용비가 중얼거리자 소선개는 부어터진 눈을 크게 뜨려고 애쓰며 물었다.

용비는 아까 남관구 포구에서 항주로 돌아오는 관도에서 자신이 죽였던 혈풍도수에 대해서 설명해 주었다.

“용비 네가 혈풍도수를 죽여?”

소선개는 소스라치게 놀라서 말을 잇지 못했다. 용비가 예전에 비해서 매우 강해졌다는 것은 알지만 혈풍도수를 죽일 정도라는 사실이 믿어지지 않았다.

하긴 용비는 조오를 제압해서 소선개와 개방제자들을 구해주었다. 그러므로 혈풍도수를 죽였다는 것은 우연이 아니라 그의 실력일 것이다.

용비는 한쪽 구석에 혈도가 제압되어 웅크려 있는 조오를 쳐다보며 중얼거렸다.

"그자가 항주 분타에 갔다가 널 미행하여 남관구 포구까지 왔던 것이 분명하다."

"그… 런가? 그토록 미행을 조심했는데, 쩝!"

소선개도 용비의 추리가 맞는다고 생각하는지 얼굴을 찡 그리며 입맛을 다셨다.

"그러니까 용비 네가 죽인 혈풍도수가 우리 분타로 갔다는 사실을 혈풍도대가 알고 있을 거라는 얘기로군. 그래서 저년 이 와서 다짜고짜 정오 이후에 분타를 떠난 사람이 누구냐고 물어서 날 찾아낸 것이고."

용비는 고개를 끄덕였다.

"저년이 돌아가지 않으면 혈풍도대의 다른 자들이 또 항주 분타로 갈 것이다."

"음. 이번에는 한 명이 아니라 무더기로 오겠군."

생각이 거기에 미치자 소선개는 더 이상 누워 있을 수가 없 었다. 그는 낡은 침상에서 일어나려고 버둥거렸다.

"용비, 날 부축해다오."

소선개는 용비의 부축을 받으며 방 밖으로 나가 수하 개방 제자들을 불러 모았다.

“너희, 지금 곧장 분타로 달려가서 분타주에게 내 말을 전
해라.”

그는 수하들에게 이곳에서 벌어졌던 상황을 분타주 일척
붕개에게 전하고 아울러서 곧 혈풍도대가 들이닥칠 것이니까
무조건 피하라는 말을 전하라고 지시했다.

“됐소. 이제 돌아가시오.”

용비는 남관구 포구까지 제압된 조오를 어깨에 메고 온 뇌
웅에게서 그녀를 건네받았다.

“문주께 전할 말이 있소?”

“없소.”

뇌웅의 물음에 용비는 고개를 가로저었다.

용비가 소선개를 부축한 상태에서 조오를 어깨에 메려고
하자 뇌웅이 자기가 돕겠다면서 이곳까지 그녀를 메고 와주
었다.

뇌웅은 정중히 고개를 숙이고는 항주 성내를 향해 경공술
을 전개하여 달려갔다.

용비는 조오를 어깨에 메고 잠시 뇌웅을 쳐다보다가 이윽
고 소선개를 부축하여 목교로 올라섰다.

천붕호의 동료들은 인시(새벽 4시)가 되어가고 있는 시각에
도 자지 않은 채 용비를 기다리고 있었다.

용비가 한정, 수진랑과 함께 천추문에 갔기 때문에 걱정이
되어 잠을 잘 수가 없었던 것이다.

현도와 낙혼, 요조는 소선개를 알아보지 못했다. 얼굴을 깨
끗이 닦았는데도 워낙 많이 붓고 일그러졌기 때문이다.

용비는 조오를 선창 이층으로 메고 내려가서 창고 안 바닥
에 내려놓았다.

쿵!

그가 돌아서려는데 계단 쪽에서 소선개가 쳐다보면서 참
견을 했다.

"용비, 혈도가 풀릴 수도 있고 저년 스스로 혈도를 풀지도
몰라."

"혈도를 풀어?"

사람에 따라서 혈도가 저절로 풀리는 일이 있기는 한데 드
문 경우다. 하지만 제압된 사람이 스스로 혈도를 푼다는 것은
금시초문이다.

"특수한 수법을 연마한 경우에는 가능하대. 나도 직접 본
적은 없고 주워들은 소리야."

용비는 주위를 둘러보았다. 만에 하나 조오의 혈도가 저절
로 풀리거나 제 스스로 혈도를 풀더라도 움직이지 못하도록
단단히 결박할 만한 밧줄 같은 것을 찾는 것이다.

그러다가 제 스스로 생각해도 어이가 없어서 피식 실소를

흘렸다.

조오의 혈도가 풀리면 아무리 질긴 밧줄이라고 해도 썩은 새끼줄만도 못하다는 사실을 깨달은 것이다.

문득 용비는 이마를 만지려고 오른손을 들어 올리다가 손목 안쪽에 문신처럼 새겨진 사신검의 끝부분이 소매 밖으로 조금 나와 있는 것을 보았다.

용비는 사신검이 '검'이라고 불리지만 일정한 형상을 지니고 있지 않다는 사실을 알고 있다.

'혹시 사신검이라면?

이 기회에 한 번 시험해 보고 싶었다. 그래서 바닥에 옆으로 쓰러져 있는 조오를 향해 오른팔을 뻗으면서 마음속으로 생각했다.

'묶어라.'

스웃.

달리 방법이 없으니까 속으로 중얼거리기만 했다. 순간 그의 오른팔에서 먹빛의 흐릿한 그림자가 번개처럼 쏘아나가는가 싶더니 어느새 조오를 휘감았다.

그런데 그냥 휘감은 것이 아니다. 머리에서 발끝까지 빙빙 돌면서 조이듯이 묶어버렸다.

용비는 방금 그렇게 묶었으면 좋겠다는 생각을 했는데 사신검이 그대로 실행했다.

그 상태에서의 사신검의 길이는 최소한 일 장 반 이상은 될 것 같았다.

'그렇군!'

용비는 새로운 또 하나의 사실을 깨닫게 되었다. 사신검은 어떤 형태로든 변할 수 있으며 그가 마음먹은 대로 조종이 가능했다.

이런 식으로 사신검이 꽁꽁 묶어놓고 있으면 조오가 제아무리 절정고수라고 해도 절대로 빠져나올 수, 아니, 움직일 수조차도 없을 것이다.

"뭐… 야, 그게? 느닷없이 어디에서 튀어나온 거지?"

소선개는 계단의 난간을 붙잡고 간신히 선 채 조오를 보며 놀라는 표정을 지었다. 난데없이 시커먼 밧줄 같은 것이 조오를 칭칭 묶었으니 놀랄 수밖에.

용비는 대답하지 않고 모두의 숙소인 선창 일층으로 올라가며 명령했다.

"설매, 대도, 천붕호를 출발시켜라."

"어디로 가죠?"

눈 속에서 피어난 한 송이 매화처럼 아름다운 설매가 호기심 가득한 눈으로 용비를 바라보며 물었다.

"아무 곳이라도 상관없다. 일단 포구를 떠나라."

"알겠어요."

　용비는 포구에 있는 것이 안전하지 않다고 생각했다.

　설매와 대도는 일사불란하게 움직여서 채 열 호흡이 지나기도 전에 천붕호를 출발시켰다.

　캄캄한 밤중에 운항을 하는 것은 처음이고 또 위험한 일이지만 설매와 대도는 용비의 명령을 이행하기 위해서 온 신경을 집중하여 배를 몰았다.

　"끙! 일이 너무 커져 버렸어."

　소선개는 두 손으로 머리를 감싸 안고 신음했다.

　"빌어먹을! 혈풍도대는 분타주와 우리 형제들을 절대로 가만히 내버려 두지 않을 거야."

　그는 조오에게 당한 것 때문에 침상에 누워서 꼼짝도 하지 못해야 마땅한데도 용비 등과 함께 버젓이 탁자 앞에 앉아 있다. 너무 긴장하고 흥분한 탓에 고통마저도 잊고 있는 것 같았다.

　"당분간 이곳에 있어라."

　"쫓아내면 갈 곳도 없다구."

　소선개는 볼멘소리를 했다.

　"혈풍도대 놈들, 도대체 얼마나 알고 있는 거지?"

　용비는 그것에 대해서는 조오를 심문할 생각이다. 그녀가 알고 있는 것이 혈풍도대가 알고 있는 전부일 것이다.

끙끙거리던 소선개가 무슨 생각이 났는지 용비를 쳐다보며 의아한 얼굴로 물었다.

"그런데 너에게 죽었다는 혈풍도수가 어째서 우리 분타에서부터 날 미행했던 거지?"

그는 고개를 갸웃거렸다.

"내가 그렇게 수상하게 보였나?"

소선개가 알고 있는 것은 극히 부분적인 내용이다. 광폭도가 눈앞에서 죽는 것을 목격했으며, 그래서 그곳에 있었던 용비와 함께 공모하여 광폭도의 시체를 불태워 버렸다. 그는 그것만 알고 있다.

그런데 용비에게 죽은 혈풍도수가 항주 분타에서부터 남관구 포구까지 무슨 이유로 자기를 미행했는지 도저히 이해가 되지 않았다.

그러나 용비는 소선개에게는 아무것도 말해주지 않을 생각이다. 아직까지는 그를 신뢰하지 않기 때문이다. 아니, 신뢰하더라도 일단 그는 입이 싸다.

"소문주하고 진랑은 어디에 있어? 너, 그녀들하고 천추문에 갔다가 놔두고 온 거야?"

잠시 침묵이 흐르자 요조가 불쑥 물었다.

"그래."

요조는 조금 걱정스러운 표정을 지었다.

"소문주는 이제 오지 않는 거야?"

"모르겠다."

용비는 고개를 가로저으면서 왠지 허전한 것을 느꼈다. 그다지 오랫동안 함께 생활한 것도 아닌데, 한정이 곁에 없다고 허전함을 느끼다니 별일이다. 이런 감정을 전에는 느껴본 적이 없다.

요조는 손가락을 술잔에 넣었다가 쪽쪽 빨면서 아쉬운 표정을 지었다.

"성질 더러운 진랑은 안 와도 되지만, 착하고 똑똑한 소문주는 와줬으면 좋겠는데……. 소문주는 정말 여러모로 도움이 많이 된다고."

현도와 낙혼은 아무 말도 하지 않고 술만 들이켰다.

두주불사인 소선개는 입이 찢어지고 부어서 술은 마시지 못하고 술잔만 만지작거렸다. 그러더니 요조의 말을 듣고는 생각난 듯이 물었다.

"참! 그런데 용비 너, 아까 나하고 수하들이 당하고 있는 것을 어떻게 알고 구해주러 왔던 거야?"

그렇게 묻고서 그는 아까 조오를 메고 남관구 포구까지 따라와 주었던 뇌웅을 떠올렸다. 그는 뇌웅이 천추호위대장이라는 사실을 알고 있다.

용비가 대답이 없자 소선개는 슬쩍 넘겨짚었다.

“아까 그자 뇌웅이 알려준 거야?”

용비가 가볍게 고개를 끄덕이자 소선개는 더 묻고 싶은 것이 있는데도 그냥 입을 다물었다. 용비가 말하기 귀찮아하는 것 같았기 때문이다.

소선개가 용비의 눈치를 살피다니 세상 참 많이 변했다. 그러나 혈풍도수마저도 해치워 버리는 용비가 아닌가. 그러니 알아서 기지 않으면 낭패를 당하게 될 것이다.

슥.

용비는 일어서면서 옆에 앉은 소선개의 혼혈을 제압했다. 깨어 있으면 이것저것 참견을 해서 귀찮고, 또 그는 지금 휴식을 취해야 하기 때문이다.

“음……”

소선개가 탁자에 엎어지자 용비는 낙혼에게 그를 침상에 눕히라고 이르고는 아래층으로 내려갔다.

용비는 조오를 치료하기로 결정했다.

그는 아까 화영 조단에서 그녀의 등 한복판에 주작공기를 작렬시키면서 전력을 다하지 않았다.

처음부터 그녀를 살려서 심문할 생각이었다. 혈풍도대에 대해서 알아내기 위해서다.

조오는 옆으로 웅크린 자세로 혈도가 제압된 채 여전히 꼼짝도 하지 못했다.

그녀의 몸을 머리끝에서 발끝까지 칭칭 묶고 있는 사신검 때문이 아니다.

등 한복판에 적중된 주작공기 때문이다. 주작공기는 적중된 부위를 부숴 버리는 위력을 지니고 있다.

만약 용비가 전력을 다했더라면 조오의 등은 가루가 되어 흩어졌을 것이다.

물론 그렇게 되면 그곳에 커다란 구멍이 뚫릴 것이고, 주작공기가 남아 있는 한 그녀의 몸을 점점 더 부수면서 가루로 만들게 될 것이다.

지금 그녀의 등은 체내에 투입된 주작공기에 의해서 점점 더 으스러지는 중이다.

우선 그녀의 옷이 거의 다 삭아서 먼지 같은 상태가 됐다. 건드리기만 해도 흩어질 것이다.

슥.

용비는 우선 조오의 혈도를 풀어주었다.

"음……."

조오는 미약한 신음을 흘리면서 눈을 뜨더니 본능적으로 몸을 움직이려고 했다.

하지만 꼼짝도 하지 못하는 상태에서 말 그대로 꿈틀거리기만 했다.

그녀는 아까 용비에게 당해서 날려가다가 벽에 얼굴을 부딪히며 갈아붙여서 피투성이가 된 몰골이다.

옆으로 웅크리고 누운 자세인 조오는 자기 앞에 우뚝 서 있는 용비를 보려고 눈을 한껏 위쪽으로 치떴다.

그녀는 용비에게 불의의 급습을 당해서 혼절했다가 이곳에서 깨어났기 때문에 어떻게 된 영문인지 아무것도 모르고 있다.

"으… 네놈은 누구냐?"

그녀는 눈에서 이글거리는 불길을 내뿜으며 이를 갈 듯이 물었다.

그러나 용비가 누군지에 대한 의문은 곧 사라졌다. 주작공기가 그녀의 뼈와 내장을 으스러뜨리고 있는 것을 그제야 깨달았기 때문이다.

무지막지한 고통이 한꺼번에 엄습하자 용비가 누군지 같은 것은 궁금하지도 않았다.

"끄으으……."

원래 그녀의 몸에는 흉터가 많다. 싸움에서 다친 자랑스러운 상처들이다.

그녀는 팔다리가 부러지고 복부가 갈라지는 부상도 여러 차례 당했다.

하지만 그녀를 으스러뜨리고 있는 고통은 지금까지 당해

온 숱한 고통을 모두 합친 것보다 백 배 이상 더 지독했다.

"끄아악—!"

사신검 때문에 움직이지도 못하는 그녀는 눈을 희번덕이며 처절한 비명을 질러댔다.

그 모습을 보면서 용비는 지금이 그녀를 심문할 좋은 기회라고 생각했다.

그는 조오의 등에 손바닥을 대고 주작공기를 일으켰다. 그러자 그녀의 체내에 있던 주작공기가 손바닥으로 흡수되기 시작했다.

그러면서 그녀는 순식간에 고통이 씻은 듯이 사라지는 것을 느끼고 비명을 멈췄다.

"어… 떻게 한 것이냐?"

"광폭도와 건곤풍이 항주에 온 목적이 무엇이냐?"

조오가 의아한 얼굴로 묻자 용비는 대답 대신 냉랭하게 물었다.

"미친……."

조오의 입에서 욕설이 튀어나오려고 할 때 용비는 그녀의 등에서 손을 뗐다.

"끄아아—!"

순간 그녀는 눈을 부릅뜨며 부들부들 떨면서 피를 토하는 듯한 비명을 질러댔다.

그런 식으로 두 차례 더 하자 조오는 자신이 처한 상황이 얼마나 심각한지 깨달았다.

"대답하겠느냐?"

"말… 하겠다……."

혈풍도대에서도 최고의 독종으로 통하는 그녀지만 지금의 고통에는 배겨낼 재간이 없었다.

용비는 약 일각에 걸쳐서 조오에게 몇 가지 내용을 알아냈다. 하지만 그녀는 많은 것을 알고 있지 못했다.

우선 광폭도와 건곤풍은 만절기황을 찾으러 항주에 왔다고 한다.

절대십천에서는 만절기황을 찾기 위해서 천하에 백여 명의 고수를 파견했으며 광폭도와 건곤풍은 그들 중 두 명이라는 것이다.

혈풍도대는 광폭도와 건곤풍의 실종에 대해서 조사하고 있으나 현재까지 아무것도 모르고 있다.

단지 혈풍도수 백연을 개방 항주 분타로 보냈는데 그가 돌아오지 않아서 항주 분타를 의심하고 있는 상황이다.

백연은 그곳에서 누군가를 미행했다가 죽임을 당했을 것이라고 혈풍도대는 추측하고 있다.

그리고 용비로서는 전혀 예상하지 못한 한 가지 비밀을 건졌다.

항주오세 중에서 절강성 동북부 지역의 패자인 풍운방(風雲幇)이 절대십천의 절강 분타라는 것이다.

풍운방은 규모나 방파의 고수 수로는 천추문과 신룡보를 합친 것보다 더 크다.

그렇기에 천추문이나 신룡보하고 일대일로 맞붙어도 전혀 꿀리지 않는다.

천추문과 신룡보가 절강무림의 양대 산맥이 된 이후에 풍운방은 급속도로 세력을 키웠다.

그래서 기회만 되면 절강무림의 맹주로 부상하기 위해서 와신상담하고 있다.

그런 거대 방파가 절대십천의 분타 노릇을 하고 있다니 상상조차 못할 일이다.

또한 풍운방은 혈풍도대에 전폭적으로 협조와 지원을 하고 있으며, 이미 오래전부터 풍운방의 감시조가 천추문과 신룡보, 그리고 항주오세의 나머지 두 방파를 감시해 오고 있다는 것이다.

그렇다면 어젯밤에 용비와 한정, 수진랑이 천추문에 들어간 것도 풍운방 감시조에게 이목에 걸려들었을지 모른다.

그 당시에 세 사람이 숙수나 하인들이 출입하는 측문으로 들어간 것이 그나마 다행이라면 다행이다.

또한 혈풍도대는 용비나 한정, 수진랑을 지목해서 수색하거나 감시하는 것이 아니었으므로 특별히 눈에 띄지는 않았을 것이다.

현재 혈풍도대는 아무것도 모르고 있다. 소선개와 개방 항주 분타 사람들만 그들에게 걸려들지 않는다면 달리 염려할 일이 없다.

*   *   *

혈풍도수 백연에 이어서 조오마저 돌아오지 않자 혈풍도대 제팔조장 유혼도는 부조장과 두 명의 조원을 이끌고 직접 개방 항주 분타를 찾아갔다.

그러나 항주 분타에는 단 한 명의 개방제자도 보이지 않았다. 다만 서둘러서 급히 떠난 듯한 모습만 여기저기에 눈에 띌 뿐이다.

유혼도는 항주 성내는 물론 인근 지역에서도 항주 분타의 개방제자들을 찾으라고 풍운방에 지시했다.

그리고 다음날 아침, 혈풍도대가 묵고 있는 보벽림에 풍운방 감시조의 급보가 날아들었다.

개방 항주 분타주 일척붕개로 추정되는 인물 발견.

어이없게도 일척붕개는 한 명의 조장하고 항주 성내 가장 번화한 거리에 모습을 나타냈다.

소선개를 비롯한 조장들은 매월 정기적으로 분타주 일척붕개에게 상납금을 바쳐왔다.

일척붕개는 수년 동안 그 돈을 성내에서 가장 규모가 크고 신용이 좋은 대화장에 모두 맡겨두었다.

액수가 자그마치 은자 오십만 냥에 달하는 거금이라서 개인적으로 갖고 있기가 어려웠다.

더구나 대화장은 돈을 맡긴 사람에 대해서 일체 비밀을 지켜주기 때문에 일척붕개에게는 안성맞춤이었다.

오늘 이른 새벽에 소선개의 수하들이 항주 분타로 몰려와서 소선개의 말을 전했다. 그리고 화영 조단에서 벌어진 일에 대해서도 자세히 설명해 주었다.

일척붕개는 사태의 심각성을 깨닫고 항주 분타의 모든 개방제자에게 강소성 남경 분타로 피신하라고 명령했다.

하지만 일척붕개 자신은 가지 않고 남았다. 성내 대화장에 맡겨둔 은자 오십만 냥만큼은 절대로 포기할 수 없기 때문이다.

그 돈이면 그는 죽을 때까지 떵떵거리면서 잘살 수 있다. 그걸 포기한다는 것은 남아 있는 여생을 궁핍하게 살아야 한다는 뜻이다.

그래서 그는 대화장 근처에 숨어 있다가 아침 진시(8시)에 대화장이 문을 열면 재빨리 돈을 찾아서 사라져야겠다고 생각했다. 아니, 그것을 행동에 옮겼다.

은자 오십만 냥은 무겁기 때문에 혼자서는 들 수가 없다. 그래서 평소 자신의 심복처럼 데리고 다니는 분타의 조장 한 명을 데리고 왔다.

평범한 경장 차림으로 변복을 하고 방갓까지 쓰고 있는 두 사람은 태연하려고 애썼으나 다른 사람들의 눈에는 그렇게 비춰지지 않았다.

특히 개방제자들을 찾으려고 눈에 불을 켜고 돌아다니고 있는 풍운방 감시조의 눈에는 더욱 그랬다.

대화장의 개점 시간이 다가오자 두 사람은 대화장 맞은편에서 서성거리다가 이윽고 전장이 문을 열자 빠른 걸음으로 다가갔다.

그러나 두 사람은 대화장 입구에도 도달하지 못하고 거리 한가운데에서 칠팔 명의 경장고수들에게 에워싸였다.

"웬 놈들이냐? 썩 물러나라!"

평소 수하들에게 호령하는 것이 몸에 밴 일척붕개가 호통을 쳤으나 경장고수들은 끄떡도 하지 않았다.

일척붕개와 조장은 서로 눈빛을 교환한 후에 포위망을 뚫으려고 마음먹었다.

그때 경장고수 중에 한 명이 천천히 걸어나왔다.

"내 기억이 틀림없다면 너는 개방 항주 분타주 일척붕개군."

"헉!"

그 사람을 보는 순간 일척붕개는 자신도 모르게 사색이 되어버렸다.

'유혼도……'

일척붕개 앞에 우뚝 멈춰 선 강파른 광대뼈와 움푹 파인 뺨을 지닌 사내는 혈풍도대 제팔조장인 유혼도였다.

유혼도는 잡아들인 일척붕개와 조장의 팔다리부터 자른 다음에 심문을 시작하려고 했다.

그러자 부조장 인효가 유혼도를 만류하면서 자신에게 맡겨달라고 나섰다.

인효는 우선 일척붕개의 제압된 혈도를 풀어주고 그를 데리고 대화장으로 직접 가서 그가 맡겨둔 은자 오십만 냥을 찾도록 해주었다.

이어서 두 필의 준마가 끄는 한 대의 마차에 은자를 싣고 나서 일척붕개에게 부드럽게 미소를 지으면서 말했다.

"자네가 알고 있는 것을 모두 말해주면 우린 자네와 수하를 이 마차에 태워서 털끝 하나 건드리지 않고 보내주겠네.

절대십천의 명예를 걸고 약속하겠네.”

절대십천의 사람이 ‘절대십천의 명예’라는 말을 하면서 약속을 하면 그것은 절대적인 약속이 된다.

죽을 것을 예상하고 있던 일척붕개는 기쁨에 가득 찬 표정으로 자신이 알고 있는 모든 것과 이른 새벽에 소선개의 수하들이 알려준 것들, 그리고 함께 있는 심복 조장을 닦달하여 그가 알고 있는 것까지 모조리 털어놓게 했다.

그리고 그는 부조장 인효가 약속했던 대로 은자 오십만 냥이 실린 마차를 타고 아무 일 없이 유유히 항주 성을 벗어났다.

그날 아침 일척붕개는 자신의 목숨과 은자 오십만 냥에 신의를 팔았다.

하지만 두 시진 후에 그와 심복 조장이 타고 가던 마차가 항주 동북부 육십여 리 거리에 있는 숭덕현(崇德縣)을 오 리쯤 남겨둔 관도 변에서 텅 빈 채로 발견됐다.

마차 안에는 일척붕개도 심복 조장도, 그리고 은자 오십만 냥도 없었다.

혈풍도대는 약속했던 대로 일척붕개를 털끝 하나도 건드리지 않았다. ‘절대십천의 명예를 걸고’ 약속을 했기 때문이다.

하지만 풍운방은 일척붕개하고 아무런 약속도 하지 않았다.

그 후로도 일척붕개와 심복 조장은 발견되지 않았다. 온몸이 수십 조각으로 잘려서 바다에 버려졌기 때문이다.

*   *   *

소선개의 수하들이 일척붕개에게 알려준 내용은 그리 많지 않았다.

하지만 그것만으로도 혈풍도대는 광폭도와 건곤풍의 실종, 그리고 백연의 죽음과 조오의 실종에 대한 움직일 수 없는 명백한 증거를 잡았다.

이 모든 일은 한 사람을 가리키고 있었다.

명귀 용비, 바로 그다.

『만능서생』 4권에 계속…

NOMEN

노멘

이영균 장편 소설

**억울한 누명으로 인한 감옥살이 1년.
직장, 친구, 애인도… 모두 떠나 버렸다.**

911테러 이후, 극비리에 진행된 프로젝트,
그리고 그 결과물, 슈퍼컴퓨터 HAL8999

대한민국의 평범한 청년 동범과
인류가 만든 최고의 컴퓨터에서 깨어난 존재의 만남.

Nomen est omen 이름이 곧 운명!

**인류의 미래를 가르는 사건은
이 우연한 만남으로부터 시작되었다.**

오채지 新무협 판타지 소설

十兵鬼

십병귀

마교가 무림을 일통한 지 십 년.
강호의 도의는 땅에 떨어지고 오직 칼의 법칙만이 지배하는 환란의 시대는 끝날 기미를
보이지 않았다. 그러던 어느 날, 혼마(魂魔)가 죽었다. 오십 세에 혼세신교(混世神敎)
의 교주로 등극, 구십 세에 구주팔황과 사해오호를 정복한 철의 무인은 고락을 함께
했던 수백 명의 마군(魔軍)들이 지켜보는 가운데 조용히 숨을 거두었다. 그리고 삼 년 후,
한 사람이 신교를 떠났다.

마도의 하늘 아래 살 수 없는 자, 금사도(金砂島)로 오라.

신비로운 열 개의 병기, 내력을 알 수 없는 사내,
그를 만나기 위해 찾아온 수많은 사람들의 금사도를 향한 여정은
과거에도 없었고 앞으로도 없을 대살성의 탄생을 예고하는 서막이었다.

귀월 鬼月

참마도 新무협 판타지 소설

"하늘의 달은 벗 삼아도
땅 위에 떠오른 달은 피하라.
그 달 아래 춤을 추는 자,
사람이 아니라 귀신일지니……"

뜨거운 대지 위에 차가운 달이 떠오른다.
희뿌연 검광과 피가 흩뿌려지고
망자의 혼이 허공에서 춤출 때
귀역의 사자가 그곳에 있을 것이다.